# TRÉMOR

## AUX MAINS ROUGES

3e SÉRIE IN-4°

Un homme superbe d'audace et de force vint se jeter devant lui la hache au poing.

# TRÉMOR
# AUX MAINS ROUGES

PAR

HENRY DE BRISAY

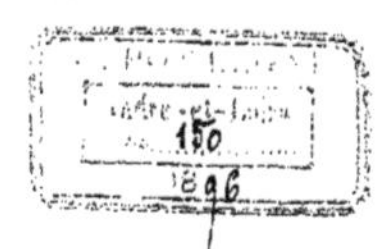

TOURS
ALFRED MAME ET FILS, ÉDITEURS

M DCCC XCVI

# I

LE CHATEAU DE LANCIEUX. — LA LETTRE
LA REDOUTE DES TROIS-CHÊNES. — AU GUILDO

Perché sur le roc comme une mouette au repos, le château de Lancieux dominait une étendue considérable de côtes. Des fenêtres du castel on découvrait d'un côté les clochers de Saint-Malo, de l'autre les sombres falaises du cap Fréhel. Entre ces deux points extrêmes, l'œil pouvait suivre toutes les découpures du littoral.

A droite, la pointe de la Malouine, l'anse verdoyante de Dinard, Saint-Énogat et ses maisons blanches, Saint-Lunaire avec ses deux plages; puis, plus près, Saint-Briac et son petit port, que protège le bec menaçant de la Garde-Guérin.

C'était, à gauche, une succession de criques, de rochers tourmentés au milieu desquels s'élevaient d'abord les ruines formidables du Guildo; puis, après, les sables blancs de Saint-Cast, la masse de pierres hérissée de canons qui était le fort Lalatte.

Et en face, jusqu'à l'horizon, c'était la mer, la mer caressante ou mortelle, avec l'île Ago et les rochers des Ébihens, qui semblaient des sentinelles avancées au milieu des flots.

Le château de Lancieux, moitié métairie, moitié manoir, avait l'aspect pacifique de la plupart des gentilhommières de Bretagne construites au siècle dernier. Un solide quadrilatère de pierres grises, percé de hautes fenêtres, formait l'habitation principale; tout autour venaient se grouper les communs et les dépendances. Les lierres et les vignes vierges avaient envahi les murs robustes et leur faisaient une joyeuse robe verte. Une belle pelouse semée de pommiers s'étendait jusqu'à un petit parc d'une dizaine d'arpents, où les aiguilles presque noires des sapins se mélangeaient aux feuilles dentelées et moins sombres des chênes.

C'était dans ce château, dans ce cadre maritime et campagnard tout à la fois, qu'avait grandi Louis-René, comte de Lancieux, que nous allons présenter à nos lecteurs.

Louis-René de Lancieux avait tout juste vingt ans au moment où s'ouvre notre récit. Grand, mince, d'une élégance suprême d'allures, notre héros avait la plus jolie tête du monde : des yeux noirs profonds et tristes, un nez très fin, un peu busqué, les lèvres rouges, des dents superbes; l'ovale très pur du visage était encadré par de beaux cheveux blonds qu'il portait sans poudre, attachés seulement par un ruban noir.

Orphelin, — il n'avait jamais connu son père, et sa mère était morte quatre ans après sa naissance, — l'enfant avait été élevé par son oncle, le chevalier de Keranigou, avec lequel nous ferons plus ample connaissance tout à l'heure, et de vieux serviteurs dont la fidélité n'avait été ébranlée ni par le malheur ni par la mauvaise fortune.

Alain Trévelec, le vieux garde, lui avait appris à manier l'épée comme Saint-Georges, alors dans tout l'éclat de sa réputation; Yves Kertein, le piqueux, avait fait de lui un écuyer consommé, tandis que son oncle s'était plu à former par des leçons savantes et habiles la belle intelligence que Dieu avait bien voulu donner au jeune homme.

Louis-René avait poussé au grand air et au grand soleil, comme une de ces belles fleurs sauvages épanouies en plein creux de rocher. Il en avait la fierté et la grâce.

Son cœur était bon et compatissant aux misérables, sa bouche ignorait le mensonge. C'était une de ces natures droites et loyales qui consolent de la bassesse des hommes.

Au moment où commence cette histoire, Louis-René se trouvait dans la cuisine du château, une salle basse et longue, dont les voûtes d'un arc peu développé étaient soutenues par des piliers trapus et rongés de vieillesse. Cette salle devait être un des derniers vestiges de l'ancien manoir, sur les ruines duquel on avait édifié les nouvelles constructions.

Le jeune homme était fort occupé à panser un beau chien de chasse blanc et marron, qui lui livrait sa patte avec une confiance qui faisait le plus grand honneur à la légèreté de main de l'opérateur.

Philomène, la vieille cuisinière, et deux jeunes servantes, préparaient le repas de midi, s'empressant autour de marmites et de casseroles qui répandaient de bonnes odeurs de cuisines campagnardes.

Des ordres brefs donnés en breton par Philomène, les encouragements à la patience prodigués par Louis-René à son chien, étaient, avec le tic-tac fatigué de l'antique horloge, les seuls bruits qui troublaient le lourd silence de ce midi d'été. Il vint s'y mêler bientôt une sorte de murmure continu : c'était, à la porte ouverte, un vieil homme, un mendiant, qui récitait avec une extraordinaire volubilité des *Pater* et des *Ave Maria.*

« Tiens, dit Louis-René en relevant la tête, c'est le père le Binic; il y a longtemps qu'on l'a vu par ici! »

Et, comme il en avait fini avec son chien, le jeune homme se leva et se dirigea vers la porte, où le vieux pauvre continuait toujours ses oraisons. C'était un homme courbé par les ans, aux longs cheveux de neige.

« Eh bien! le Binic, dit le jeune comte, tu n'es donc pas encore mort?

— Dieu a permis que je vive jusqu'à ce jour, notre Monsieur, répliqua le vieillard.

— J'en suis content, car tu es un brave homme. Tiens, prends toujours ceci. » Et Louis-René lui tendait quelque monnaie. « Je ne puis faire plus, je le regrette; mais tu sais qu'on n'est pas riche à Lancieux.

— Lancieux n'est pas riche, mais Lancieux a grand cœur, dit le bonhomme en mettant l'argent dans sa ceinture. Maintenant à mon tour, monsieur Louis-René, à mon tour de vous donner quelque chose.

— Tu vas me faire un cadeau?

— J'ai à vous remettre cette lettre. »

Le jeune homme prit avec étonnement le pli cacheté que lui tendait le vieillard.

« Mais, dit-il après avoir tourné la lettre en tout sens, il n'y a pas d'adresse.

— Ça ne fait rien; le message est bien pour vous. »

Le comte, après avoir un instant examiné le large cachet de cire noire qui montrait une tête de mort, le rompit, ouvrit la lettre et lut les lignes suivantes :

« Monsieur le comte,

« Venez ce soir seul à minuit au Guildo. Entrez hardiment dans la tour du duc Gilles; là on vous apprendra des choses qui intéressent votre honneur et qui assureront votre destinée.

« Le temps est enfin venu de laver votre nom de la tache imméritée qui le souille.

« UN AMI. »

Pendant qu'il lisait, le front du jeune homme avait pâli et rougi tour à tour. Enfin il redressa la tête, et ce fut les yeux brillants qu'il demanda au mendiant :

« Qui t'a remis cette lettre?

— Un homme vêtu comme un marin.

— Est-il du pays?

— Je ne sais.

— Tu ne le connais pas?

— Non.

— Quand cela s'est-il passé?

— Il y a deux heures à peu près.

— A quel endroit?

— Près du port aux Chevaux.

— L'homme était seul?

— Oui. Il était venu avec un petit canot qui était amarré le long d'un rocher. Il s'est approché de moi, m'a demandé si je vous connaissais et m'a remis cette lettre, en me promettant une récompense si je vous la remettais fidèlement. Voilà tout ce que je sais. »

Le jeune homme restait silencieux et songeur.

« C'est donc des choses qui vous font de la peine qu'il y a là-dedans? demanda enfin le bonhomme en désignant la lettre, que Louis-René tenait toujours à la main.

— Bien au contraire, le Binic, dit avec un pâle sourire le jeune homme, qui ne se fâcha pas de la familiarité du mendiant; bien au contraire, c'est peut-être le bonheur que tu m'as apporté.

— Alors, au revoir, notre Monsieur, et que Dieu soit sur vous. »

Et il s'éloigna en traînant la jambe, tandis que René, toujours immobile à la même place, répétait, le sourcil froncé :

« Oh! savoir! savoir! Dix ans de ma vie pour savoir! »

La cloche qui sonnait à toute volée pour annoncer le déjeuner ou plutôt le dîner, comme on dit en Bretagne, vint le tirer de sa rêverie. A pas lents il se dirigea vers le perron, dont il gravit les degrés moussus, traversa le haut vestibule décoré de trophées de chasse et de portraits d'ancêtres, et pénétra dans la salle à manger, où son oncle l'attendait.

Il faut nous arrêter ici un instant afin de donner un croquis de ce nouveau personnege.

Le chevalier de Keranigou pouvait avoir une soixantaine d'années. Dans une face bien pleine, un peu poupine, deux yeux gris petits et malicieux, avec parfois des expressions d'étonnements déconcertantes, un nez en trompette, une bonne bouche de brave homme fendue pour le rire, un triple menton bien confortable : tout cela formait un ensemble qui réjouissait l'œil à première vue.

Ajoutons que, par une contradiction bizarre avec toutes les lois de la symétrie, jamais M. de Keranigou n'avait pu mettre droit sa perruque, tandis qu'il lui arrivait fort souvent de sortir avec un bas noir à la jambe gauche et un bas chiné à la jambe droite. C'étaient

Louis-René, très pâle, crispait ses mains fines aux bras de son fauteuil.

distractions de savant, qui d'ailleurs n'influaient en rien sur son bon cœur et ses bonnes qualités.

Louis-René salua son oncle et se mit à table. Il mangea distraitement quelques bouchées d'une superbe omelette au lard, à laquelle le chevalier fit une brèche imposante ; il se versa un verre de vin qu'il ne but point, et, appuyant son coude sur la table et sa tête dans sa main, il recommença à rêver.

« Vertuchoux ! mon neveu ! commença M. de Keranigou, qui était en train de découper un perdreau d'une façon tout à fait scientifique ; vertuchoux ! mon neveu, vous êtes encore dans vos humeurs noires, il me semble. »

Louis-René ne répondit pas.

« Allons, allons, continua le bonhomme, n'est-ce pas offenser Dieu que d'être mélancolique ainsi, alors qu'il nous donne beau soleil, bonne table et bonne santé ! »

Louis-René releva le front, et s'adressant au chevalier :

« Mon oncle, c'était bien la redoute des Trois-Chênes que commandait mon père, le jour de la bataille d'Abraham ?

— Bon ! voilà ces affreuses histoires qui te reviennent en tête ! Pourquoi penser toujours à cela ?

— Parce que cela n'a jamais été éclairci comme il convient. Redites-moi, je vous en prie, tous les détails que vous connaissez.

— Mais vingt fois je t'ai raconté les faits tels qu'on me les a rapportés !

— N'importe, mon oncle, je vous en prie. Aujourd'hui plus que jamais j'ai besoin de me rappeler toute cette histoire de façon précise. »

M. de Keranigou poussa un petit soupir, laissa retomber son couteau et commença :

« Quoique fort jeune encore, — il n'avait pas trente-cinq ans, — ton père était un vieux soldat quand il fut envoyé en Amérique. Il avait fait avec honneur toutes les campagnes du feu roi, et à Fontenoy il s'était couvert de gloire. A Rosbach, il fut un des officiers qui tinrent bon contre les grenadiers du roi de Prusse et qui, préférant la mort à la honte, ne voulurent pas survivre à la défaite. On raconte même que le grand Frédéric, devant qui il fut amené tout couvert de blessures, lui dit en le saluant :

« — Si vos amis avaient fait comme vous, Monsieur, mon frère de France compterait une victoire de plus. »

Louis-René, très pâle, la poitrine haletante, crispait ses mains fines au bras de son fauteuil.

M. de Keranigou continua :

« Quand il fut question d'envoyer des renforts à M. de Montcalm, qui commandait pour le roi à la Nouvelle-France, la voix de tous les hommes de guerre désigna M. de Lancieux pour les commander. Le bon soldat obéit; il embrassa ma pauvre sœur, ta mère, Louis-René, me recommanda l'enfant qui allait naître, et un mois après il s'embarquait à Brest.

« Il fut reçu au Canada avec des transports d'enthousiasme. Les douze cents hommes qu'il amenait étaient bien peu de chose; mais il semblait à tous ces braves gens de là-bas qu'ils allaient être invincibles, puisque la lointaine patrie ne les oubliait pas tout à fait. Le Ciel d'abord sembla se déclarer pour nos Français. Montcalm, secondé par ton père, en qui il avait la plus entière confiance, fit des prodiges. Dix fois il battit les Anglais; mais ceux-ci recevaient toujours des renforts, tandis que rien ne comblait les vides que nous coûtaient nos victoires.

« Enfin la fortune tourna. Pied à pied nos soldats durent céder le terrain, et furent enfin forcés de se réfugier sous les murs de Québec. Montcalm résolut de tenter un dernier effort pour dégager la ville; il n'avait pas trois mille baïonnettes, les Anglais étaient vingt mille. Ton père eut le poste d'honneur : on lui confia, avec deux cents hommes et du canon, la redoute des Trois-Chênes, qui commmandait la ligne de bataille. Le combat s'engagea; les Français furent héroïques. Un moment ils purent se croire vainqueurs, mais soudain ils furent débordés par leur gauche; ils étaient tournés, la redoute des Trois-Chênes était prise! Alors ce ne fut plus qu'une déroute affreuse; Montcalm, au désespoir, se fit tuer en combattant. Le lendemain Québec se rendait, et la Nouvelle-France était à tout jamais perdue pour nous.

« Quand la paix fut signée, paix désastreuse et humiliante entre toutes, les prisonniers furent rapatriés, et l'on fit une enquête pour connaître les causes du désastre. Ce fut alors que le lieutenant de ton père, le chevalier de Fréville, qui seul avait pu s'échapper tout sanglant de la redoute au moment du combat, raconta que son chef avait vendu la position aux Anglais.

— Le misérable! s'écria René en se levant à demi.

— Il donna tous les détails de la trahison, et, comme ton père n'avait pas reparu et comme on n'avait pas retrouvé son corps, on ajouta foi à tous ses dires. La sentence du roi fut implacable. Les biens de ton père furent confisqués, sa femme et son fils condamnés à l'exil, et son nom fut flétri. J'allai à Versailles; j'avais quelque crédit à la cour, j'obtins quelques adoucissements à ce rigoureux arrêt. C'est ainsi que tu conservas ce château et les terres qui l'entourent. »

Le chevalier s'était tu. Louis-René, livide, les dents serrées, resta quelque temps sans parler. Enfin il s'écria :

« Mais cet homme, ce Fréville, qu'est-il devenu?

— Je ne sais.

— Je le saurai, moi!

— Ah! pauvre enfant! tu obéis certes au plus généreux des sentiments, mais prends garde à t'attaquer à plus puissant que toi. Vingt ans ont passé sur tout cela. J'ai l'absolue conviction que ton père est innocent du crime dont on l'accuse, mais comment prouver cette innocence après un si long temps écoulé? Pourquoi réussirais-tu là où tant d'autres ont échoué?

— Parce que je suis le fils de celui qu'on accuse, riposta René

Louis-René vint heurter au contrevent d'une masure.

avec véhémence, parce que j'userai ma vie, s'il le faut, à confondre les infâmes qui l'ont fait soupçonner.

— As-tu quelque indice?

— Peut-être; mais, pour l'instant, ceci est mon secret. Je vous reparlerai de tout cela demain. »

Et Louis-René, qu'une excitation fébrile avait un instant soulevé, retomba affaissé sur son siège.

Au bout de quelques minutes, M. de Keranigou, qui achevait de déjeuner, dit au jeune homme, avec cette mobilité d'esprit qui était un des traits saillants de son caractère :

« Tu ne devinerais jamais ce que j'ai découvert ce matin. Figure-toi que nos voisins les Gestel portent les mêmes armes que le grand Jean Hunyade. Oui, mon ami, les deux écus sont pareils : de gueules au sautoir engrêlé d'argent,... c'est incroyable. »

Il faut dire ici que le chevalier de Keranigou était affligé d'une manie, respectable sans doute, mais qui parfois devenait bien cruelle pour ses auditeurs. Il était passionnément épris des sciences héraldiques, et il aurait fait avec ivresse dix lieues à pied pour aller déchiffrer un blason sur une vieille pierre. Nul mieux que lui ne connaissait les généalogies et les alliances de sa province, et si un gentilhomme voulait rétablir quelque rameau perdu de son arbre généalogique, il n'avait qu'à s'adresser au chevalier, qui avait vite fait de retrouver la branche égarée.

Le nez sur son assiette, et tout en dégustant ses œufs à la neige, M. de Keranigou continua encore quelque temps de parler merlettes, besants et alérions. Au bout de trois ou quatre minutes, s'apercevant enfin qu'il parlait tout seul, il releva la tête.

Louis-René avait disparu.

La journée parut interminable au jeune homme. Vers le soir, le ciel, qui avait été d'une pureté admirable depuis le matin, se couvrit de nuages cuivrés. Le vent s'éleva, la mer blanchit, et bientôt de grands éclairs livides rayèrent l'horizon, tandis que les rugissements du tonnerre se mêlaient au fracas des flots en révolte.

Le jeune comte resta silencieux durant tout le souper, malgré les prodiges d'imagination déployés par son oncle. A la fin, le digne homme se tut à son tour, et se retira, un peu dépité, dans son appartement, dès qu'il eut terminé son repas.

Louis-René se leva alors et vint coller son front brûlant de fièvre aux vitres de l'une des grandes fenêtres de la salle qui donnaient sur la mer.

Il resta là longtemps, bien longtemps, plongé dans ses pensées, aussi tumultueuses que ces vagues échevelées d'écume qui bondissaient devant ses yeux.

Il s'arracha enfin à son rêve, prit dans le vestibule son chapeau et son manteau, se coiffa de l'un et s'enveloppa de l'autre, ouvrit la porte, ce qui permit à une énorme bouffée de vent de pénétrer dans l'intérieur, et descendit le perron.

La tempête alors faisait rage; les éclairs se succédaient sans relâche, et le roulement continuel du tonnerre formait une basse majestueuse dans la sublime et terrible symphonie de l'ouragan.

Louis-René côtoya pendant quelques pas le corps du bâtiment, tourna à droite et se trouva devant la porte de la cuisine, qu'il ouvrit.

Tous les serviteurs étaient réunis là, faisant la veillée. Les femmes filaient, les hommes nettoyaient des armes ou raccommodaient des haveneaux ou des sennes.

Quand ils eurent reconnu le jeune homme, tous se levèrent avec déférence.

Il les remercia du geste, et s'adressant à un vieil homme qui confectionnait une ligne avec des soins minutieux :

« Lugo, dit-il, est-ce qu'on peut sortir en mer?

— Jésus, mon Dieu! s'écria le bonhomme, vous n'y pensez pas, not' Monsieur, par un temps pareil!

— C'est justement parce que j'y pense, que je te le demande.

— Le meilleur canot de la côte ne pourrait même pas tant seulement déborder le môle sans être mis en pièces.

— C'est bien. Alors Alain va me seller mon cheval. »

Alain Trévelec, le piqueur, s'avança.

« Vous me permettez bien, monsieur Louis-René, de seller le mien aussi?

— Pourquoi faire?

— Pour vous accompagner, donc, si vous allez en route; on n'est pas trop de deux chrétiens par des nuits pareilles.

— Il faut que je sorte seul, tu m'entends? Allons, dépêche-toi. »

Trévelec s'inclina et sortit sans répliquer.

En attendant, le jeune homme se mit à causer amicalement avec les serviteurs, qui lui répondaient avec une respectueuse familiarité. Maître et tenanciers ne formaient vraiment qu'une seule famille.

On entendit une voix à la porte qui disait :

« Votre cheval est prêt, monsieur le comte. »

A ce moment, un coup de tonnerre épouvantable ébranla le château de telle façon, qu'on pouvait croire qu'il allait s'écrouler.

Il y eut des cris de femmes, et tous se signèrent dévotement.

« C'est tenter Dieu, Louis-René, de sortir ce soir, dit alors Philomène, qui avait son franc-parler avec son maître.

— Nourrice, tu ne sais ce que tu dis, répliqua le jeune homme. C'est Dieu lui-même, ce soir, qui me conduit. »

Et, sans en écouter davantage, il franchit le seuil et se mit légère ment en selle.

Le vieux piqueur l'eut bientôt perdu de vue dans l'obscurité. Il rentra dans la cuisine. Les femmes répétaient :

« Sainte Anne et saint Michel, protégez-le!

— C'est un gars hardi, » murmura le vieux Troarec, qui n'avait pas encore placé son mot.

Lancieux n'avait pas fait vingt pas, que son cheval lui manifestait déjà toute sa répugnance à affronter le mauvais temps. Mais Louis-René était trop bon cavalier pour s'arrêter à ce mouvement d'humeur de sa monture, qu'il persuada en deux coups d'éperon.

Pendant une heure à peu près, à travers les chemins défoncés, les landes semées de pierres perfides, Louis-René alla, piquant droit devant lui, sûr de son chemin. Il descendit enfin un sentier rocailleux, passa une sorte de petit pont et vint heurter au contrevent d'une masure au pied de laquelle on entendait la mer qui venait se briser.

« Passez votre chemin, mauvaises gens! gronda une voix de l'intérieur.

— Veux-tu ouvrir, vieil ivrogne! riposta le jeune homme.

— Allez-vous-en, fantômes, korrigans, poulpiquets! Lassez un pauvre chrétien reposer en paix, continua la même voix.

— Il a encore bu, » murmura Louis-René. Puis, haussant la voix : « Veux-tu me reconnaître, Joseph Goz? je suis ton seigneur.

— Oh! not' Monsieur, est-ce bien possible, par une pareille tourmente d'enfer!

— Mais c'est moi, te dis-je! »

Il y eut un bruit de bancs et de verrous, et enfin la porte s'ouvrit. Une ombre tortueuse apparut sur le seuil.

« Tiens, commanda Louis-René, prends mon cheval, bouchonne-le comme tu pourras, et mets-le à l'abri sous ton hangar; je le reprendrai en descendant.

— Vous n'allez pas aux ruines, je pense? chevrota Joseph Goz.

— Est-ce que ce sentier mène ailleurs, vieil imbécile?

— Oh! Seigneur Jésus! mon doux maître, ne montez pas au château.

— Allons, bavard, dépêche-toi. »

Le jeune homme avait mis pied à terre et tendait la bride à Goz, qui dut faire un pas en avant pour la saisir, et dont, à un rayon de lune glissant entre deux nuages, on put apercevoir le visage.

C'était une horrible figure, grimaçante, boiteuse et bossue. Les yeux pourtant n'étaient pas méchants; ils avaient une expression morne qui dénonçait au premier regard le vice de l'homme. Louis-René n'avait pas exagéré en le traitant d'ivrogne.

« Mais, Monseigneur, il va être minuit, gémissait le bossu.

— C'est justement à minuit qu'il faut que je sois là-haut.

— Faut-il que j'aie vécu assez pour voir pareille chose! Saint Yves, saint Corentin, saint Efflam, protégez-le. Sainte Gaud, sainte Mariannic... »

Le jeune homme n'entendit pas la suite des litanies du bonhomme; il montait déjà d'un pas leste le broussailleux sentier qui conduisait aux ruines.

Il marcha longtemps, malgré tous les obstacles; il glissa plusieurs fois, s'écorcha les mains aux ronciers, faillit laisser son chapeau à une branche basse; mais enfin il parvint au terme de sa course.

Devant lui, dans l'ombre, une masse plus sombre se dressait. Il tira son épée et s'en servit alors comme d'un bâton pour sonder le terrain. Il suivit d'abord une pente douce toute hérissée d'orties et de ronces, retrouva le terrain plat, puis se vit contraint de remonter presque à pic à travers des broussailles presque aussi enchevêtrées que les lianes d'une forêt vierge.

Il s'en débarrassa et se trouva sur un terrain plus dégarni.

« Bon, dit-il à mi-voix, voilà déjà les fossés traversés; pourtant je veux bien être pendu si je sais où je suis. »

Un éclair illuminant le ciel lui permit de s'orienter.

« Sauvé! dit-il presque joyeusement, la tour de Gilles est droit devant moi. »

Et, marchant très vite, courant presque, sans s'inquiéter des lierres, des plantes parasites, des pierres tombées, Lancieux toucha de la main les murailles crevées de la vieille tour démantelée par les assauts du temps.

Il chercha à tâtons l'ouverture qui avait été jadis une porte, la trouva et pénétra dans la tour. Là il redressa la tête, secoua son manteau et dit tout haut de sa voix claire :

« J'y suis!

— J'y suis! » répéta comme un écho une voix grave qui semblait monter des souterrains.

Louis-René était brave, on vient d'en avoir la preuve; mais la manifestation de celui qu'il devait rencontrer était si soudaine, qu'il ne put s'empêcher de tressaillir. Son émoi fut rapide, il se remit presque aussitôt.

« Qui êtes-vous? demanda-t-il.

— Je suis celui qui vous a donné rendez-vous, comte de Lancieux, répondit la voix.

— Homme ou démon, j'aime à voir mes adversaires en face.

— Qui vous dit que je suis un ennemi? N'importe, sortons, si vous l'aimez mieux ainsi. »

Louis-René s'élança au dehors et entendit derrière lui des pas qui heurtaient des pierres. A ce moment, la lune, se dégageant un instant des nuages qui jusque-là l'avaient recouverte, baigna doucement de blanche clarté les vieilles ruines du Guildo, qui paraissaient alors, et ainsi éclairées, encore plus colossales.

Les deux hommes roulèrent sur le sol, s'y débattirent un instant.

Lancieux put voir alors, en face de lui, un homme de haute taille complètement enveloppé d'un manteau très long. Il était impossible de distinguer aucun trait du visage, caché par un large feutre rabattu sur les yeux.

« J'attends, dit simplement Louis-René.

— C'est vrai, dit l'inconnu ; je vous demande pardon, monsieur le comte. Vous êtes venu, c'est bien ; vous n'avez pas eu peur...

— Peur de quoi ? demanda dédaigneusement le jeune homme.

— Vous saurez tout ce qu'il faut faire pour rendre l'honneur à votre nom et pour venger votre père.

— Mon père est mort ?

— Vous ne le verrez plus. »

Lancieux chancela, et un sanglot souleva sa poitrine. A cette vue, l'inconnu fit un mouvement pour prendre le jeune homme dans ses bras ; mais il se contint.

D'ailleurs Louis-René se remit vite.

« Après ? dit-il d'une voix étouffée. Parlez.

— M. de Lancieux est innocent du crime infâme dont on a voulu le flétrir.

— Oh ! moi, je n'ai jamais douté de mon père.

— Un misérable a trahi ses frères pour de l'or, et, pour que le seul témoin de son crime ne pût pas l'accuser, il frappa par derrière son chef et son ami, votre père... »

Quelque chose comme un rugissement sortit de la gorge de Louis-René.

« Cet homme, retenez-le bien, s'appelle...

— Le chevalier de Fréville, interrompit impétueusement le jeune homme.

— Qui vous a dit son nom ?

— Mon cœur. Toutes les fois que mon oncle me racontait cette histoire, et quand j'entendais ce nom détesté, je recevais comme un coup dans la poitrine, et j'aurais voulu tenir cet homme seulement cinq minutes au bout de mon épée.

— Bien, cela, murmura l'inconnu.

— Mais ce Fréville odieux, où est-il, où se cache-t-il?

— Dans quelques jours il va s'embarquer pour l'Amérique; c'est là qu'il faut aller, vous aussi, car c'est là seulement que vous trouverez les moyens de proclamer hautement l'innocence de votre père.

— J'irai; mais je n'ai ni appui ni ami...

— Je suis là, moi.

— Qui donc êtes-vous?

— Ce que vous désiriez avoir, un ami.

— Pourquoi vous intéresser à moi? »

L'inconnu hésita imperceptiblement.

« J'ai beaucoup connu votre père, dit-il.

— Oh! s'écria René avec élan, parlez-moi de mon père, Monsieur, je vous en supplie...

— Nous nous reverrons et nous pourrons causer à loisir, reprit l'homme au manteau avec plus d'émotion qu'il n'en aurait peut-être voulu montrer. Maintenant écoutez-moi bien, et promettez-moi de suivre toutes mes instructions.

— Soyez sans crainte, Monsieur. D'ailleurs, je le sens, j'ai toute confiance en vous.

— Et vous avez raison, mon enfant. Dans l'intérêt même de la cause que nous voulons faire triompher, je ne puis encore me découvrir à vous; mais je remercie Dieu, qui a bien voulu retirer le doute de votre cœur. Prenez cette bague, que j'allais vous donner; c'est la bague de votre père. »

Louis-René saisit vivement l'anneau et le porta à ses lèvres.

« Oh! merci, Monsieur, merci! Qui que vous soyez, je vous bénis.

— Prenez aussi cette lettre. Je ne ferai pas l'injure à un gentilhomme de lui demander de ne la point ouvrir. Aussitôt débarqué, informez-vous du quartier général du marquis de Lafayette, qui commande là-bas pour le roi. Vous lui remettrez ce pli, et il vous fera bon accueil. »

Louis-René prit la lettre qu'on lui tendait et la glissa dans sa poitrine.

« A présent, comme il faut de l'argent pour le voyage, continua l'inconnu, je vous...

— Monsieur, dit vivement le jeune homme, nous sommes pauvres; mais je trouverai néanmoins tout ce qu'il me faut.

— Votre fierté n'aura pas à souffrir de l'argent que je vous offre; car cet argent, il est à vous.

— Comment cela?

— Au moment de partir pour la Nouvelle-France, votre père déposa dans une cachette que je vais vous indiquer dix mille écus en or. Il craignait les hasards de la guerre et voulait, s'il était tué, que sa veuve eût toujours à sa disposition une somme considérable en cas de revers de fortune. Votre mère mourut presque subitement et ne put révéler à personne l'existence de ce trésor. Dans la chambre de votre père, à égale distance entre la fenêtre et le pied du lit, soulevez trois lames de parquet, vous trouverez là les dix mille écus.

— Bien, Monsieur. Quand faut-il partir?

— Le plus tôt possible. Dans une dizaine de jours un convoi partira de Saint-Malo; vous pourriez en profiter.

— Je n'y manquerai pas. Mais, une fois en Amérique, que faudra-t-il faire?

— M. de Lafayette vous donnera vos instructions.

— Encore merci, Monsieur, et laissez-moi vous demander une dernière faveur.

— Parlez.

— Voulez-vous me permettre de vous embrasser? »

L'inconnu tendit les bras; Louis-René s'y précipita et sentit une larme qui tombait sur son front.

Soudain l'homme au manteau s'arracha à l'étreinte de Lancieux et se redressa en disant à voix basse :

« Il y a quelqu'un qui nous épie. »

Puis, brusquement, il fit un bond vers un tas de pierres écroulées. Alors une ombre se dressa le long de la muraille, et un coup de feu retentit. Mais déjà l'inconnu s'était jeté sur celui qui avait fait feu; les deux hommes roulèrent sur le sol, s'y débattirent un instant. Un seul se releva : c'était le protecteur mystérieux de Louis-René.

Tout cela s'était passé si rapidement, que le jeune homme n'était pas encore remis de sa surprise quand l'homme au manteau se releva.

« Vous n'êtes pas blessé, Monsieur?

— Non, mais celui qui nous épiait est mort. »

Il se pencha sur le cadavre :

« C'est bien Laurent, murmura-t-il. Allons, la lutte va continuer! »

Puis s'adressant à Louis-René :

« Séparons-nous, mon enfant; il importe à notre sûreté à tous les deux de ne pas rester plus longtemps ici.

— Vous reverrai-je?

— Pas en France.

— Là-bas?

— Oui. »

Les deux hommes se prirent les mains :

« Au revoir, dit Louis-René.

— Au revoir, » dit l'inconnu.

Ils se séparèrent, Louis-René reprenant le même chemin que celui par lequel il était venu, l'homme au manteau s'enfonçant dans les ruines.

## II

LE CONVOI. — LA DISTRACTION DU CHEVALIER. — TRÉMOR AUX MAINS ROUGES
UNE VOILE. — A L'ABORDAGE. — LA PRÉDICTION DE CHAPITEL

## II

LE CONVOI. — LA DISTRACTION DU CHEVALIER. — TRÉMOR AUX MAINS ROUGES
UNE VOILE. — A L'ABORDAGE. — LA PRÉDICTION DE CHAPITEL

Le 20 août 1780, une foule nombreuse se pressait sur les remparts de Saint-Malo afin d'échanger encore quelques signaux d'adieux avec une petite flottille de cinq navires qui cinglaient vers l'ouest et dont les blanches voiles allaient bientôt se confondre avec l'horizon.

C'était un convoi de quatre vaisseaux chargés d'armes de rechange et de munitions pour les troupes que M. de Rochambeau avait embarquées à Brest au mois de juin. Une frégate de soixante-quatre canons, l'*Atalante,* commandée par M. de Jubières, protégeait les navires de charge, armés chacun de douze canons. Un certain nombre de passagers étaient à bord de ces vaisseaux.

Suivant la promesse faite à son mystérieux ami, Lancieux s'était embarqué sur la *Sainte-Marie,* l'un des bâtiments du convoi qui faisait voile vers l'Amérique. M. de Keranigou s'était d'abord opposé de toutes ses forces aux projets du jeune homme; mais devant l'attitude résolue de René, en présence de la bague, de la lettre et du trésor, — découvert à l'endroit indiqué, — il s'était décidé à donner un consentement dont Louis-René avait d'ailleurs parfaitement l'intention de se passer.

Nous allons nous transporter à bord de la *Sainte-Marie*, laissant pour un instant Louis-René, que nous apercevons à l'arrière, accoudé au bastingage, nous allons écouter la conversation de deux hommes qui sont debout auprès du grand mât.

D'abord, en quelques traits, faisons le croquis de ces deux personnages.

Le plus grand a toute l'allure d'un gentilhomme. Vêtu avec une grande recherche, il porte la tête haute, et sa voix brève et coupante a des éclats de métal. Il peut avoir une cinquantaine d'années; l'œil est faux, les lèvres sont minces, le nez se recourbe comme un bec d'oiseau de proie.

L'autre, d'humble tournure, a l'apparence de quelque intendant de grande maison. Sur sa face pâle et plate, encadrée de cheveux jaunes, on peut lire tous les bas instincts et tous les vices.

Le premier était M. de Mornas, qui allait remplir à l'armée d'Amérique les fonctions de grand prévôt, laissées vacantes par la mort de leur titulaire, M. de Bouval.

Le second était son confident, son factotum. Il répondait au nom harmonieux de Chapitel.

C'était Chapitel qui parlait.

« En tout cas, Monseigneur, il faut bénir ce départ. Ce damné corsaire va perdre nos traces, je pense.

— Je n'ose l'espérer, Chapitel. Cet homme est un démon. J'ai peur.

— Allons, Monseigneur, un peu de courage. Il est loin de nous désormais.

— Qui sait?

— Quand je pense, monsieur le baron, que c'était d'abord à moi que vous aviez donné l'ordre de le suivre, brrr!... j'en frémis encore.

— Cet imbécile de Laurent qui s'est laissé surprendre! interrompit M. de Mornas sans répondre à son intendant.

— Le pauvre diable a payé cher sa négligence! Il s'est défendu cependant, puisqu'on a retrouvé son pistolet déchargé à côté de lui.

— Peut-être a-t-il blessé Trémor!

— Peut-être... Maintenant, Monseigneur, continua Chapitel en se rapprochant, je vais vous confier quelque chose que j'ai appris tout en cherchant à savoir comment Laurent était mort.

— Tu me l'avais caché?

— Vous paraissiez si abattu, que je ne voulais pas augmenter vos inquiétudes avant le départ. Je puis parler maintenant. Savez-vous qui se trouvait cette nuit-là dans les ruines du Guildo avec Trémor aux mains rouges?

— Dis vite...

— Le comte de Lancieux. »

M. de Mornas devint horriblement pâle, et ce fut d'une voix étouffée qu'il dit :

« Mais tu sais bien qu'il est mort.

— Aussi n'est-ce pas de celui-là que je parle. Notre Philippe a eu un fils, qui est grand garçon maintenant.

— Que pouvait-il avoir à démêler avec Trémor?

— C'est ce que Laurent aurait pu nous dire; mais malheureusement pour lui le corsaire l'a déniché, et pour le priver du plaisir de raconter sa conversation, il lui a planté un poignard dans la gorge, ce qui est le meilleur moyen de couper court aux bavardages.

— A mon retour d'Amérique, — si j'y vais, rectifia avec un ironique sourire M. de Mornas, — à mon retour il faudra voir clair dans tout cela. Mais, bah! ajouta-t-il après un silence, l'enfant ne peut rien savoir. Sa rencontre avec Trémor est une simple coïncidence. Il devait comploter quelque affaire de contrebande : ces gentillâtres bretons sont tous gueux comme Job. »

A ce moment, le capitaine du navire, M. de Plaintis, s'avançait pour saluer M. de Mornas, qui était considéré comme un gros personnage.

Laissons les deux gentilshommes échanger des compliments, et retournons auprès de Louis-René.

Les yeux fixés sur l'horizon, le jeune homme semblait chercher déjà la terre lointaine. Il était bien changé depuis son entrevue avec l'inconnu, que nous savons maintenant être le terrible corsaire Trémor aux mains rouges. A la douce mélancolie qui avait été jusque-là le fond de son caractère avait succédé une impatience fougueuse, un besoin de lutte, de danger, et surtout une sorte de gaieté nerveuse qui parfois épouvantait le pauvre Trévelec, qui était le seul serviteur qui eût suivi le jeune homme.

Le garde-chasse était justement à côté de lui, fort occupé à garder son équilibre.

« Oh! monsieur le comte, s'écria tout à coup Alain, voilà que j'ai le délire!

— Tu es malade?...

— Voilà que j'aperçois monsieur le chevalier!

— Où cela?

— Là! droit devant vous, fit le garde en tendant les bras.

— Mon oncle! cria Louis-René, qui avait jeté les yeux dans la direction indiquée par le vieux serviteur. Mais c'est impossible! » continua-t-il en s'élançant vers un groupe très animé d'où sortaient des éclats de rire et des cris.

C'était bien M. de Keranigou qu'avait reconnu Trévelec, mais un

M. de Keranigou absolument sorti de son caractère. Sans perruque, enveloppé d'une sorte de robe de chambre, il gesticulait comme un fou furieux au milieu de passagers et de matelots qui semblaient fort égayés de sa colère.

« Mon oncle! Comment! c'est vous, c'est bien vous! répétait René, qui non sans peine était parvenu jusqu'à lui.

— Ah! vous voilà, monsieur mon neveu, s'écria le chevalier en

« Vous allez m'expliquer, je l'espère, cette sotte plaisanterie. »

saisissant Louis-René par le bras; vous allez m'expliquer, je l'espère, cette sotte plaisanterie...

— Mais, mon oncle...

— Il n'y a pas de « mais, mon oncle », comment suis-je ici?

— Je n'en sais absolument rien.

— C'est trop fort!

— Je vous jure!

— Tais-toi... Ah! voilà le capitaine! »

M. de Plaintis s'approchait en effet, attiré par le bruit.

« Capitaine, comment suis-je ici?

— Mais je vous reconnais, Monsieur, dit l'officier en le saluant. C'est vous qui êtes tombé à l'eau quelques instants avant notre départ.

— Vous êtes tombé à la mer? interrogea Louis-René.

— Parfaitement, » répliqua le chevalier hors de lui.

Puis, s'adressant à M. de Plaintis :

« Capitaine, je veux descendre. »

Un éclat de rire formidable s'éleva, tandis que le capitaine, qui faisait des efforts incroyables pour conserver son sérieux, répondait :

« Hélas! Monsieur, nous sommes en pleine mer.

— Où comptez-vous relâcher?

— Pas avant New-Port.

— En Amérique! Alors je vais en Amérique. Mais ce n'est pas moi qui vais en Amérique, Monsieur; c'est mon neveu qui va en Amérique. Je n'ai rien à faire en Amérique! Mais répondez-moi donc, Monsieur! »

Et il secouait avec frénésie le pauvre capitaine, qui ne pouvait articuler un mot. Il étouffait.

Le chevalier se tourna brusquement vers Louis-René, qui riait aux larmes. Tous autour de lui se tenaient les côtes.

Alors M. de Keranigou devint très rouge, se dressa, terrible...

Quelque chose de tragique allait se passer.

Mais soudain le bon chevalier, gagné lui-même par l'hilarité générale, s'effondra dans les bras de Trévelec, et, riant comme un fou, il répétait entre deux accès :

« Je vais en Amérique..., je vais en Amérique... C'est une aventure incroyable!... »

Pendant ce temps Lancieux interrogeait le capitaine, et voici ce qu'il apprenait.

Au moment de l'embarquement, M. de Keranigou, qui avait accompagné Louis-René sur le bâtiment, avait supplié son neveu de rester dans sa cabine alors qu'il s'en irait. Il avait l'âme sensible et craignait, disait-il, l'émotion suprême du départ. Il avait donc embrassé chaleureusement le jeune homme, et tout troublé était remonté sur le pont. On embarquait à ce moment les derniers ballots. Voyant une ouverture, il s'était dirigé de ce côté et avait mis le pied dans le vide avec sa distraction habituelle, tandis qu'il croyait toucher la première marche de l'escalier.

Repêché presque aussitôt, on l'avait remonté sur le pont; mais, comme il avait perdu connaissance, le chirurgien du bord l'avait fait transporter dans sa cabine avec toutes sortes de soins.

M. de Keranigou reprit bientôt ses sens; mais comme ses discours incohérents marquaient un grand trouble nerveux, le médecin lui avait fait avaler une potion calmante sous l'influence de laquelle il s'était immédiatement endormi.

Le chirurgien l'avait laissé reposer et, absolument persuadé qu'il venait de soigner un passager, était remonté sur le pont, où l'on commençait l'appareillage.

Au bout de deux heures M. de Keranigou s'était réveillé. D'abord un peu ahuri, il se rappela bientôt son accident, puis manifesta une certaine inquiétude en s'apercevant des mouvements du bateau. Il regarda par un hublot, et n'aperçut devant lui que la mer. Son inquiétude se changea en épouvante; il sauta sur le premier vêtement qu'il trouva sous sa main, et s'élança sur le pont. On sait le reste.

Après avoir bien ri de sa mésaventure, — ce qui, on l'avouera, était bien prendre les choses, — le chevalier dit à Louis-René :

« Ce qui me taquine le plus, vois-tu, c'est que là-bas, chez ces républicains, je n'aurai rien d'intéressant à étudier au point de vue héraldique. »

Lancieux le rassura en lui promettant de lui amener beaucoup d'officiers anglais prisonniers, avec lesquels il pourrait discuter tout à son aise le nobiliaire britannique.

Vers six heures du soir un vent frais s'était élevé, et le ciel s'était couvert. Ce vent ne fit qu'augmenter. Les nuages, loin de se dissiper, prenaient des tons plus sombres et apportaient par intervalles des grains de pluie et de grêle qui se succédaient avec une inquiétante rapidité. La mer se creusait et blanchissait sous le vent, dont chaque instant semblait augmenter la violence.

Sur l'ordre de M. de Plaintis on prit des ris : les perroquets furent bientôt serrés.

A sept heures, de nouveaux ordres venaient encore diminuer la voilure, le petit hunier et le perroquet de fougue avaient été serrés avec trois ris; une demi-heure après toutes les autres voiles étaient raboutées, à l'exception de la misaine, qui resta sur ses cargues, et du petit foc, sous lequel le vaisseau fuyait déjà. Le vent, à chaque instant, se carabinait davantage. La mer roulait des vagues immenses.

Tous les passagers étaient rentrés dans leurs cabines; seul Louis-René, accroché aux haubans d'artimon, souriait à la tempête qui l'entraînait en avant avec la rapidité de la foudre.

A minuit la bourrasque déploie toute sa fureur, c'est un de ces ouragans dont les plus vieux marins ont vu peu d'exemples. Telle est la force des tourbillons sous lesquels la mâture plie comme des gaules, que les voiles sont déchirées, arrachées, emportées en lambeaux malgré les rabans qui les enlacent aux vergues.

Un coup de barre que l'on ne peut maîtriser fait dévier le cap de la route. Le petit foc est défoncé, et le vaisseau, assailli par la tourmente, court pendant plusieurs minutes avec une vitesse effrayante sans vouloir obéir à son gouvernail.

Au milieu du fracas de la tempête la voix du capitaine se fait entendre.

« Laisse arriver. Bon plein, et ne ralinguons pas.

— La barre est au vent, capitaine, répond le timonier. Le navire n'arrive pas.

— Trente hommes en haut! » commande encore le capitaine de sa voix calme.

Malgré l'obéissance passive des marins, il y eut une hésitation; puis enfin ces braves gens s'élancent. Une trentaine d'hommes animés par l'exemple d'un lieutenant se serrent dans les haubans de misaine, font voile avec leurs corps en offrant une surface à l'action du vent, et le vaisseau arrive; mais son grand mât de hune, que l'effort de la rafale vient de briser à huit pieds du chouquet, tombe au même instant sur tribord et, dans sa chute, entraîne le mât de perroquet.

La force de la mer et du vent était si grande, que l'on ne s'aperçut de ces graves avaries que par la chute des cordes qui tombaient sur le pont.

Enfin le jour vint, et la tempête commença de s'apaiser. Au lever du soleil, il n'y avait plus qu'une longue houle, dernier effort de la tempête. Tandis qu'on s'occupait tant bien que mal à réparer les avaries du navire, tout le monde remontait sur le pont.

M. de Mornas disait à Chapitel :

« Ce maudit coup de mer dérange tous mes projets. Les vaisseaux anglais sont dispersés sans doute...

— Bah! riposta l'honnête serviteur, ils finiront bien par retrouver le convoi. »

Comme si le ciel eût voulu donner raison à l'intendant, le matelot de vigie à cet instant précis signala une voile.

On crut d'abord que c'était l'un des bâtiments avec lesquels on marchait de conserve; mais bientôt le doute ne fut plus possible, c'était une corvette anglaise.

M. de Plaintis s'arrachait les cheveux. Les matelots, sombres et silencieux, avaient tous les yeux fixés sur le navire ennemi. Les passagers, affolés, interrogeaient les officiers, qui semblaient en proie à un morne désespoir.

Louis-René se fit jour jusqu'au capitaine.

« Monsieur, lui dit-il après l'avoir salué, c'est bien un vaisseau anglais que nous avons devant nous?

— Malheureusement oui, Monsieur.

— Il va y avoir combat?

— Certes, Monsieur, répliqua fièrement le capitaine, je ne rendrai pas sans me défendre un vaisseau du roi. Par malheur, l'issue du combat n'est pas douteuse. Je n'ai plus qu'un espoir : c'est que l'*Atalante* vienne au canon et nous débarrasse de ce maudit Anglais.

— Alors, Monsieur, je veux vous demander une grâce.

— Parlez, Monsieur.

— Mettez-moi à un poste où je puisse me battre. »

Le capitaine prit la main du jeune homme.

« A la bonne heure, dit-il, vous êtes un brave, et soyez sûr que je vous utiliserai tout à l'heure. Pour le moment la parole est aux canons. »

Et sautant sur son banc de quart, il saisit son porte-voix et commanda d'une voix forte :

« Branle-bas de combat! »

Celui qui ne s'est point trouvé au milieu de ces apprêts ne peut que difficilement se créer le spectacle qu'offre alors le pont d'un vaisseau. Il ne verrait que désordre et agitation confuse dans cette activité que chauffe ou précipite l'imminence du danger. Mille occupations, mille mouvements partiels se croisent, se coupent, semblent se confondre, et pourtant ce tumulte n'est qu'apparent; l'ordre le plus parfait y préside et le coordonne. Les panneaux des écoutilles sont enlevés; les soutes sont ouvertes; chacun a son emploi, tous ont leur poste. Les chefs de pièce préparent et font disposer les canons; les novices et les mousses approvisionnent de poudre et de boulets les batteries. On distribue des armes,... puis le mouvement faiblit. Au milieu de cette agitation d'instant en instant moins tumultueuse, chacun a regagné son poste.

Le navire ennemi à ce moment assura ses couleurs d'un coup de canon. Aussitôt le drapeau blanc monta vivement à la corne d'artimon du vaisseau français.

Il n'y avait plus qu'à combattre.

Tandis qu'on se préparait à la lutte à bord des deux navires, un troisième vaisseau était venu se placer dans les eaux des combattants. C'était un brick qui semblait fort éprouvé par la tempête; il naviguait mal sous ses basses voiles, et par une inconcevable fatalité laissait arriver en plein sur l'Anglais. Il ne portait aucun pavillon.

Nous allons monter à bord de ce malheureux navire, qui semblait destiné à devenir la proie du royal croiseur.

Une grande animation régnait sur le pont, garni de vingt canons de bon calibre. Au banc de quart un homme d'une cinquantaine d'années, aux traits énergiques, causait avec son second, un tout jeune homme, mince et nerveux, souple comme une lame d'épée.

« Nous sommes parés? demanda-t-il à son lieutenant.

— Oui, capitaine. »

Le capitaine promena ses regards autour de lui et sembla satisfait de son examen, car il dit d'une voix sonore :

« C'est bien, enfants; je suis content de vous... Mais qu'as-tu donc, mon vieux Jean-Marie? dit-il en s'adressant à un gabier à mine revêche; te voilà triste comme un chardonneret à cent lieues de terre.

— Pour ce qui est de cela, capitaine, riposta le vieux matelot, je ne dis pas; je me trouve tout vent dessus, vent dedans...

— Tu voudrais boire un coup?

— Comme vous le dites, capitaine.

— Jacques! Jacques!

— Capitaine? »

Et un instant après un bonnet de coton parut à l'écoutille.

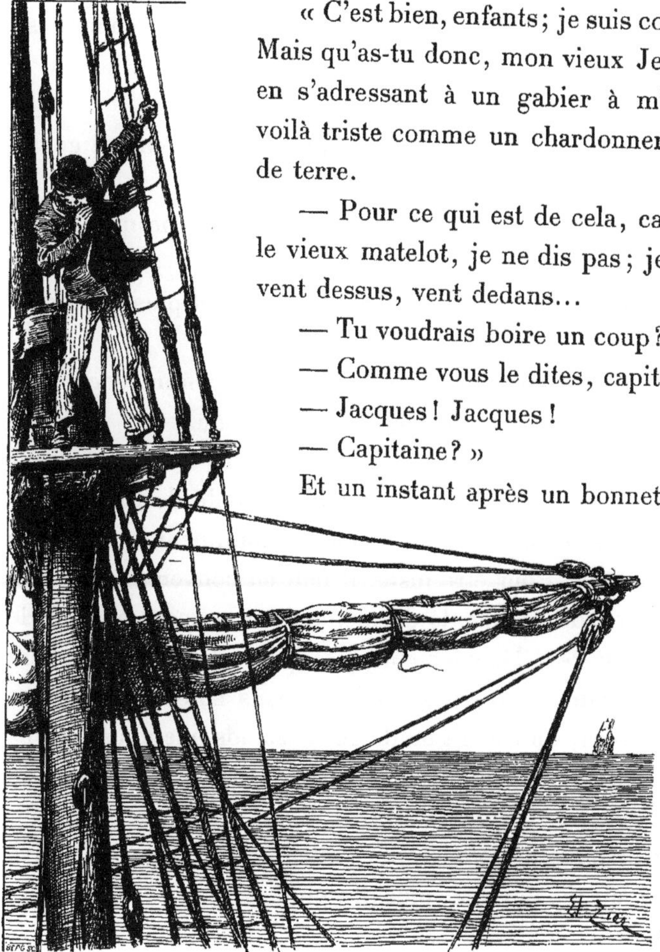

A cet instant précis, le matelot de vigie signala une voile.

« Du rhum! s'il n'y en a pas assez, donne mes caves. Double ration à chaque homme.

— Mais, capitaine...

— Ne t'inquiète pas, les cambuses de l'Anglais sont bien garnies; nous aurons ce soir du vrai jamaïque. »

Un hourra se leva.

Un instant après les flacons et les bidons circulaient dans toutes les mains au milieu des rumeurs et des rires.

Des toasts au capitaine, des imprécations adressées à l'ennemi se croisaient en tous sens.

« A vos postes, maintenant! »

Ce ne fut qu'après un moment de tumulte que tous eurent gagné leur place de combat.

« Que chacun se cache derrière le pavois, et qu'au premier ordre tous soient rangés à leurs pièces. »

On obéit. En un instant le tillac si mouvant ne fut plus qu'immobilité et silence.

Cependant l'Anglais approchait avec vitesse, ignorant encore au juste quel pouvait être ce nouveau bâtiment, mais ne pouvant soupçonner qu'il allait avoir l'audace de l'attaquer. Quelques vieux marins, collant leurs yeux aux déchirures de la bande de toile peinte qui, pour les masquer, courait sur les sabords, admiraient la gracieuse prestesse de sa marche. Pour être juste, il faut en convenir, c'était un joli navire, dont peu de bâtiments de même force eussent pu faire le sillage ; c'était une de ces élégantes corvettes qui sortent des chantiers de la Tamise. Sémillante et légère, dessinant dans son vol toutes les ondulations des vagues, on eût dit un de ces goélands que nous voyons de nos côtes, se balançant mollement sur leurs vastes ailes, pêcher en rasant les flots.

A mesure que grossissait la corvette, l'attente se peignait plus vive sur les visages, le silence devenait plus profond.

« A vos postes! »

Il n'y eut qu'un mouvement, il n'y eut qu'un cri.

Le vaisseau anglais, manœuvrant pour le reconnaître, longeait alors le brick à un quart de portée de canon.

« Démasquez! Et, tonnerre! vous autres, pointez juste! »

Les bandes de toile disparurent : l'Anglais put compter la belle rangée de gueules menaçantes que l'œil exercé des chefs de pièces dirigeait sur lui.

« Feu ! »

Ce commandement répété, un long éclair parcourut la batterie, la détonation fut terrible.

Mais déjà le capitaine avait bondi à la barre en criant de sa voix puissante :

« Maintenant, garçons, nous allons le voir de plus près. »

Obéissant à la main savante qui le dirige, le corsaire laisse arriver sur la corvette, dont la coque criblée de boulets indique assez l'adresse des canonniers du brick.

A ce moment, l'Anglais riposte de sa double batterie, faisant un ravage terrible à bord du vaisseau français. Il y eut un instant de confusion.

« Allons, enfants, répétait le capitaine, dont la voix dominait le tumulte, du nerf et du cœur ! Pour qu'un combat soit beau, il faut que les cervelles graissent l'essieu des pièces. Aux grappins à présent. Nous le tenons. Hardi ! les gars ! »

Les vergues des deux navires se touchaient, les grappins venaient de saisir la corvette de ses ongles de fer, les grenades pleuvaient déjà sur le pont ennemi.

Le corsaire, bondissant comme un tigre, s'était jeté le premier à bord de l'Anglais en jetant le terrible cri : « A l'abordage ! »

Les matelots se mirent à la suite de leur chef en hurlant : « Hourra pour Trémor ! Tue ! tue ! » Et l'horrible combat s'engagea, furieux et mortel.

De la *Sainte-Marie* on avait suivi avec étonnement d'abord, puis avec des transports de joie, les divers événements que nous venons de raconter.

Louis-René ne tenait plus en place, et quand il vit que M. de Plaintis faisait armer deux chaloupes pour aller à l'Anglais, il supplia le capitaine de vouloir bien le laisser se joindre à la petite expédition.

L'officier avait justement une conversation très animée avec M. de Mornas. C'était ce dernier qui parlait :

« Je vous le répète, Monsieur, il est inutile de risquer la vie de tant de braves gens. Ce damné corsaire fera bien sa besogne tout seul.

— Ce corsaire, Monsieur, répliqua sèchement le capitaine, vient de sauver mon bâtiment et tout ce qu'il porte ; je dois donc lui donner assistance dans la mesure de mes moyens.

— Capitaine, s'écria Louis-René, qui venait de survenir; capitaine, vous m'aviez promis tout à l'heure un poste de combat. Voici l'heure de tenir votre parole.

— Partez, Monsieur, dit l'officier avec un sourire. Je payerais votre place de dix ans de ma vie, mais mon devoir m'enchaîne à bord.

— Comment! dit alors M. de Mornas, voilà cette folie qui gagne jusqu'aux passagers !

— C'est de moi que vous parlez, Monsieur, je crois ? dit Lancieux avec hauteur en toisant le baron.

— Certainement, reprit le maître de Chapitel en affectant un ton bonhomme, laissez donc ces démons se débrouiller. Moins il restera de ces canailles, et tant mieux ce sera.

— Est-ce un gentilhomme qui parle ainsi? s'écria le fougueux jeune homme.

— Monsieur!

— Il faut avoir l'âme bien vile pour insulter ainsi des braves gens qui viennent de nous sauver l'honneur. »

M. de Mornas devint pâle de rage, tandis que les officiers applaudissaient aux vaillantes paroles de Lancieux.

« Vous me rendrez raison, Monsieur, dit le baron d'une voix sifflante. Je suis le baron de Mornas.

— Quand vous voudrez. Je suis le comte de Lancieux.

— Lancieux! » répéta le misérable en étouffant un cri.

Mais Louis-René ne s'occupait plus de lui. Il avait dégringolé l'échelle quatre à quatre et avait pris place dans l'une des chaloupes, qui bientôt s'éloignait à force de rames.

Au moment où la seconde embarcation allait déborder, un vieil homme apparut tête nue, bousculant tout le monde et faisant des efforts incroyables pour arriver jusqu'à l'escalier.

« Eh! l'ami, où allez-vous? dit le capitaine en le prenant par le bras.

— Oh! capitaine, laissez-moi, dit le bonhomme d'une voix suppliante; il faut que je rejoigne mon maître, je suis l'écuyer de M. de Lancieux.

— Allez donc alors, dit M. de Plaintis en le lâchant.

— Mais vous n'avez pas d'arme, dit quelqu'un.

— N'ayez crainte, j'en trouverai plus qu'il ne m'en faudra sur le pont de l'Anglais, riposta Trévelec, qui était déjà dans la barque.

— A Dieu vat! commanda l'officier, avant partout! »

Et la seconde chaloupe s'éloigna à son tour.

Les deux embarcations volaient sur les flots; elles furent bientôt sous la poupe de l'Anglais, qui avait déjà salué les nouveaux assaillants d'une mousqueterie bien nourrie.

Le premier, Louis-René avait saisi une manœuvre coupée qui pendait le long de la muraille du navire. L'épée aux dents, il grimpait avec une merveilleuse rapidité; au moment où il atteignait le bastingage, il vit deux canons de mousquet braqués sur sa poitrine. Il les releva brusquement avec son épée; les deux coups partirent en l'air. Alors il sauta sur le pont, et pendant une minute il se trouva seul en présence de plus de trente Anglais qui l'assaillaient de toutes parts.

« Vive le roi! cria-t-il. Mort aux Anglais ! »

Déjà d'un coup de pistolet il avait jeté bas un matelot qui le serrait de près ; mais, en parant un revers de hache, son épée s'était brisée. Lancieux se sentit perdu. Des yeux il cherchait une arme pour vendre chèrement sa vie, quand soudain les rangs des Anglais s'ouvrirent comme crevés par un boulet, et un homme superbe d'audace et de force, sanglant, les habits en lambeaux, vint se jeter devant lui la hache au poing.

« Trémor ! à Trémor! » criait le nouveau venu, frappant autour de lui et à chaque coup abattant un homme.

Louis-René avait ramassé un mousquet aux mains d'un mourant, et, s'en servant comme d'une massue, il s'était rué aux côtés de son sauveur.

Mais les hommes de la *Sainte-Marie* arrivaient à leur tour. Les corsaires, qui avaient salué par des hourras le secours qui leur arrivait, redoublaient d'efforts, tandis que les Anglais, pris entre deux feux, ne combattaient plus que pour venger leur inévitable défaite. Enfin, le reste de l'équipage de la corvette, massé autour du grand mât, fut complètement entouré par les Français.

« Rendez-vous ! » cria Trémor en s'élançant vers le commandant, qui, percé de dix blessures, se soutenait à peine.

L'Anglais saisit son épée, la rompit sur son genou, en jeta les morceaux loin de lui et se croisa les bras sur la poitrine.

« Vous avez assez fait pour l'honneur, Monsieur, dit le corsaire en s'inclinant. Sur ma parole de soldat vous serez traité, vous et les vôtres, avec tous les égards que l'on doit à des braves. »

Le combat était fini. Louis-René s'avançait vers le corsaire pour lui témoigner sa reconnaissance, quand un homme se jeta dans ses bras, riant et pleurant à la fois.

C'était Trévelec.

« Ah ! Monsieur, Monsieur, répétait le brave homme, vous voilà enfin ! ah ! quel bonheur ! Je vous ai cherché pendant le combat... Vous n'êtes pas mort.

— Allons, calme-toi, mon bon Alain, dit le jeune homme, qui souriait, en cherchant à se débarrasser de l'étreinte du vieux serviteur ; laisse-moi remercier celui auquel je dois la vie, ajouta Louis-René, qui allait les mains tendues vers Trémor, occupé à donner des ordres à son second.

— Vous ne me devez rien du tout, dit le corsaire, qui avait entendu les dernières paroles de Lancieux ; je vous ai aperçu alors qu'on vous pressait un peu, et j'ai eu la bonne chance d'arriver à temps pour vous dégager. Vous voyez que mon mérite est bien mince.

— Il vous plaît, Monsieur, de raconter ainsi les choses ; mais je vous assure que sans vous j'étais bien perdu.

— Allons donc ! vous vous battiez comme un lion ! Permettez que je vous quitte, il faut que je m'occupe de mes prisonniers.

— Nous nous reverrons, Monsieur, je l'espère. Mais avant de nous quitter laissez-moi vous dire : Partout et toujours vous pouvez compter sur Louis-René de Lancieux. »

Le corsaire, sans répondre, pressa les mains du jeune homme avec une force incroyable, balbutia quelques mots ; puis, entraînant son second, il laissa Louis-René tout stupéfait du trouble que Trémor venait de manifester.

« Tu l'as vu, Jégu, disait alors Trémor à son second ; tu l'as vu, eh bien ! cet enfant-là, il faut l'aimer comme ton frère.

— Je l'ai aimé en le voyant, répondit simplement le marin ; il a l'air si bon et si brave ! »

Une heure après, les deux chaloupes rejoignaient la *Sainte-Marie*.

Accroupis derrière un sabord, M. de Mornas et Chapitel dévoraient des yeux les embarcations.

Tout à coup le baron poussa une sorte de rugissement.

« Il vit, il vit, disait-il, tiens! le vois-tu, là debout, à l'arrière, avec son habit bleu?... Ils ne l'ont pas tué!

— Eh bien, monsieur le baron, ce sera pour plus tard, voilà tout, » dit tranquillement Chapitel.

---

# III

LES BORDS DU POTOMAC. — LA NUÉE-BLANCHE. — UNE RENCONTRE
LES LARMES DE TRÉMOR

# III

LES BORDS DU POTOMAC. — LA NUÉE-BLANCHE. — UNE RENCONTRE
LES LARMES DE TRÉMOR

Le 20 septembre 1781, entre dix et onze heures du matin, deux hommes étaient assis sur le bord d'un large fleuve et déjeunaient d'une tranche d'elk rôti tout en causant.

Le fleuve roule majestueusement ses eaux grossies par d'innombrables affluents baignant une multitude d'îles formées de son limon.

Ces îles, couvertes de hautes futaies, exhalent un parfum délicieux que la brise emporte au loin. Rien ne trouble leur solitude, que l'appel doux et plaintif de la colombe ou la voix rauque et puissante du cougouar qui s'ébat sous l'ombrage.

Çà et là, les arbres tombés de vétusté ou déracinés par l'ouragan s'assemblent sur les eaux; alors, unis par les lianes, cimentés par la vase, ces débris de forêts deviennent des îles flottantes; de jeunes arbrisseaux y prennent racine; le peitia et le nénufar y étalent leurs roses jaunes ; les serpents, les oiseaux, les caïmans viennent se reposer et se jouer sur ces radeaux verdoyants et vont avec eux s'engloutir dans l'Océan.

Ce fleuve, c'est le Potomac.

Malgré l'équipement de chasseur qu'ils ont adopté, nous reconnaissons bien vite dans les deux hommes qui sont en train de déjeuner le comte de Lancieux et son fidèle Alain.

Tout près d'eux, leurs chevaux entravés broient à pleine bouche les pois grimpants et les pousses des arbres.

« Eh bien, moi, monsieur le comte, disait le vieux piqueur à Louis-René, je soutiens que nous sommes égarés.

— Comment pouvons-nous être égarés, mon vieil ami, ripostait le jeune homme, puisque nous n'avons qu'à redescendre la rive droite du fleuve pour retrouver le détachement?

— Enfin, mon cher maître, je ne suis pas à mon aise dans ces maudites forêts qui n'en finissent plus.

— Ah! il est certain que c'est plus grand que le bois de Ponthual; mais, en revanche, on trouve ici plus de gibier qu'en Bretagne.

— Quant à cela, il n'y a rien à dire ; mais j'ai idée qu'on ne trouve pas seulement que du gibier par ici.

— Tu es fou; les Anglais sont à plus de trente lieues au nord.

— Ce n'est pas des Anglais que je veux parler.

— Et de qui donc, s'il vous plaît, maître Alain?

— Des Indiens. »

Louis-René se mit à rire.

« Depuis que nous sommes arrivés en Amérique, on passe son temps à me raconter des histoires épouvantables sur ces pauvres diables rouges, comme on les appelle. Eh bien, pour ma part, sauf ceux qui nous servent d'espions, je n'en ai pas encore rencontré un seul au cours de mes chasses. »

Le vieux serviteur hocha la tête et resta silencieux.

« Et maintenant que voilà notre repas terminé, dit en se levant le jeune homme, allons voir s'il n'y a pas moyen de trouver le frère de ce gracieux animal. »

Et Louis-René désignait un daim jeté en travers de son arçon.

Soudain, dans le grand silence de la forêt, une détonation retentit.

Brusquement, Lancieux avait pris ses armes.

« Là, voyez-vous, murmura Alain, nous allons nous trouver nez à nez avec les sauvages.

— Bah! laisse donc, c'est quelque coureur de bois sans doute. »

Une formidable clameur répondit au jeune homme. Les cris furieux s'élevaient tout près de l'endroit où se tenaient les chasseurs.

Louis-René s'élança. Trévelec le retint.

« Où allez-vous, Monsieur?

— Voir ce qui se passe, parbleu! Allons, suis-moi. Il vaut toujours mieux surprendre qu'être surpris. »

Le piqueur suivit son maître en soupirant, et tous deux s'enfoncèrent dans les hautes herbes.

Il n'y avait pas à se tromper sur la direction à prendre, car on pouvait distinguer maintenant les rauques cris de guerre des Indiens.

Les deux chasseurs se glissèrent sans faire aucun bruit, et purent bientôt découvrir ce qui se passait.

Au milieu d'une étroite clairière, adossé à un énorme tronc de thuya, un homme seul, se servant de son fusil déchargé comme d'une massue, faisait tête à une dizaine d'Indiens qui l'assaillaient avec fureur.

Quelques cadavres étaient déjà étendus sur le sol.

« Alain, mon ami, dit Louis-René à l'oreille du vieux serviteur, j'ai pour habitude de me mettre toujours du parti du plus faible. Tu vas donc me viser ce vilain bonhomme qui a des plumes rouges et me l'abattre bien proprement. Quant à moi, je me charge du grand qui lève sa hache.

— Monsieur, je vous en prie,... commença Alain.

— Pas un mot. Es-tu prêt ?

— Oui, Monsieur.

— Feu ! alors. »

Les deux hommes choisis tombèrent.

Un instant les Peaux-Rouges restèrent stupéfaits de cette diversion inattendue. Sans leur laisser le temps de se reconnaître, Lancieux et Alain les chargèrent avec une telle impétuosité, qu'il n'y eut, pour ainsi dire, pas de combat. Les sauvages s'échappèrent et disparurent dans les profondeurs de la forêt.

Louis-René put alors considérer tout à son aise celui auquel il venait de sauver la vie.

C'était un Peau-Rouge de vingt-cinq ans au plus, d'une physionomie fine et empreinte de loyauté. Sa taille haute, ses membres bien proportionnés, la grâce de ses mouvements et son apparence martiale, en faisaient un homme remarquable. Ses longs cheveux noirs, séparés avec soin, retombaient sur ses épaules. Il portait au cou un collier de griffes d'ours entremêlées de dents de bison, parure fort en honneur chez les Indiens. Sa chemise en peau de bison, à manches courtes, était garnie autour du col d'une sorte de rabat en drap écarlate, ornée de franges et de soie de porc-épic. Les coutures de ce vêtement étaient brodées avec des cheveux provenant de scalps; le tout rehaussé de petites bandes de peau d'hermine. Ses mocassins, chacun d'une couleur différente, étaient surchargés de broderies très fines. Son manteau en peau de bison était bariolé à l'intérieur d'une multitude de desseins informes cherchant à retracer les hauts faits du jeune guerrier.

Il portait à la ceinture sa gibecière, sa corne à poudre, son casse-tête et son long couteau de chasse.

Dans les mains il avait son fusil.

Il s'inclina devant Louis-René avec une noblesse suprême et dit en français :

« Mon frère blanc a sauvé la vie de la Nuée-Blanche, la vie de la Nuée-Blanche appartient à mon frère.

— Comment! vous parlez notre langue? dit Louis-René avec étonnement.

— La Nuée-Blanche est un chef, dit fièrement l'Indien en redressant la tête; depuis qu'il peut porter un tomahawk, il marche dans le même sentier que les Français, car il a juré aux Anglais une haine implacable.

— Les Anglais ont fait du mal à la Nuée-Blanche? interrogea Louis-René, adoptant la façon de parler de l'Indien.

— Ils ont tué par trahison mon père. »

Malgré lui le jeune homme ne put s'empêcher de tressaillir en pensant à son père à lui.

Il y eut un silence; enfin Lancieux dit à l'Indien :

« Mon frère veut-il venir à mon campement? Nous y serons mieux qu'ici, où nous pouvons être surpris à notre tour.

— Les Pawnees sont des chiens, dit le chef avec mépris, ils ont fui, et ils sont loin maintenant. Ils n'osent attaquer un guerrier sioux que lorsqu'ils sont vingt contre lui. Mais j'irai au campement de mon frère.

— En route alors! » dit Louis-René en s'élançant en avant.

Les trois hommes furent bientôt revenus au tertre où nous avons trouvé Louis-René et Alain. De ce monticule la vue embrasse un admirable panorama.

D'abord d'épais rideaux de verdure qui ondulaient au loin sous le souffle de la brise; sur les îles du fleuve, des troupes innombrables de flamants aux ailes roses perchés sur leurs longues pattes, des pluviers, des cardinaux qui volaient de branche en branche, tandis que de monstrueux alligators se vautraient nonchalamment dans la vase. Entre les îles, des nappes argentées où miroitaient les rayons du soleil. Au milieu de ces reflets de lumière éblouissante, des poissons de toutes sortes se jouaient au ras de l'eau et traçaient des sillons étincelants.

Puis enfin, aussi loin que le regard pouvait s'étendre, la cime des arbres qui bordaient la prairie et dont le vert sombre tranchait vigoureusement sur l'horizon pâle.

Pendant quelques minutes le chef resta silencieux. Il dit enfin à Louis-René :

« Mon frère veut-il que la Nuée-Blanche lui adresse une question?

— Faites, chef, répondit le jeune homme.

— Y a-t-il longtemps que mon frère est dans le pays des Indiens?

— Pas encore un mois.

— Mon frère est venu pour se battre ?

— Pour me battre et pour venger mon père. »

Ce fut au tour de l'Indien de tressaillir.

« Bien, dit-il au bout d'une minute; mon frère est brave, son père sera vengé.

— A mon tour, chef, je vais vous demander un service.

— Que mon frère parle.

— J'ai peur de faire des détours inutiles pour rentrer au camp français, pourriez-vous me mettre dans la bonne route?

— La Nuée-Blanche guidera ses amis. Il allait au camp français quand les Pawnees l'ont attaqué.

— Voilà qui se trouve à merveille. Faut-il nous mettre en route ?

— Nous partirons quand le soleil sera un peu plus bas.

— Comme vous voudrez, chef. »

L'Indien resta alors silencieux, semblant rêver.

« Tu vois, dit alors Lancieux en se tournant vers Alain, qui n'avait

« Mon frère peut avancer, c'est un ami. »

pas ouvert la bouche depuis le combat; tu vois qu'il y a des braves gens parmi ces sauvages.

— Pourquoi avez-vous demandé à ce Peau-Rouge de nous guider, Monsieur? riposta Alain avec humeur. Qui vous dit que ce démon ne va pas nous égarer pour nous livrer à sa tribu?

— Décidément, mon pauvre Alain, tu deviens d'une pusillanimité exagérée.

— Ce n'est pas pour moi que j'ai peur, Monsieur, c'est pour vous.

— Tu es fou ! Pour ma part, j'ai toute confiance dans cet homme.

— Oh! la jeunesse ! la jeunesse ! murmura le piqueur.

— Mon frère est comme l'oiseau moqueur, il parle trop, dit avec ironie le chef, qui avait parfaitement entendu ce que venait de dire Alain. Quant à mon frère, ajouta-t-il en tendant la main à Louis-René, il a raison d'avoir confiance, car la Nuée-Blanche a le cœur rouge et sa langue n'est pas fourchue. »

Alain, furieux, alla du côté des chevaux tout en grommelant, et personne ne parla plus.

Au bout d'une heure environ, l'Indien se leva.

« Mon frère est-il prêt? demanda-t-il à Louis-René.

— Je monte à cheval et je vous suis. Mais vous, chef, vous venez à pied?

— Les Pawnees ont tué le cheval de la Nuée-Blanche, mais la Nuée-Blanche a les pieds agiles ; que mon frère ne s'inquiète pas. »

Alain et Lancieux étaient déjà en selle.

L'Indien passa devant eux et se coula dans les herbes.

Les deux cavaliers le suivaient.

Après trois quarts d'heure de marche à peu près, l'Indien, se baissant brusquement sur le sol, fit signe à ses compagnons de s'arrêter.

« Il y a un homme devant nous, » murmura-t-il.

Il resta une minute penché sur des traces visibles pour lui seul; puis, relevant la tête, il dit joyeusement :

« Mon frère peut avancer, c'est un ami.

— Est-ce que tout cela vous paraît bien clair, Monsieur ? dit tout bas Alain, qui s'était rapproché de Louis-René.

— Tu es incorrigible, mon vieil ami, dit le jeune homme en souriant ; le chef a trouvé une trace, il l'a examinée et ne l'a pas trouvée suspecte : quoi de plus simple ?

— Nous verrons bien comment cette aventure finira. »

Ils marchèrent longtemps encore.

Soudain une voix forte les fit tressaillir.

« Arrêtez-vous un peu, mes maîtres, que je voie à qui j'ai affaire. »

La Nuée-Blanche sourit doucement et imita avec une incroyable perfection le cri de l'oiseau siffleur.

Alors les buissons s'écartèrent, et un homme d'une cinquantaine d'années, portant le costume des coureurs des bois, apparut la main tendue et le fusil sur l'épaule.

Lancieux ne put retenir un cri :

« Trémor ! » dit-il en se jetant à bas de son cheval et en courant vers le corsaire, car c'était bien lui.

Le hardi marin, malgré tout son empire sur lui-même, ne put dissimuler une émotion puissante.

Il saisit les mains qu'on lui tendait et les serra à plusieurs reprises.

« Je bénis le Ciel de la rencontre, Monsieur, dit Louis-René, dont les yeux brillaient de joie. Mais comment se fait-il que je vous retrouve ici après vous avoir laissé en face des côtes d'Angleterre ?

— L'explication est bien simple, monsieur le comte, répondit le corsaire. Après avoir été mettre en sûreté ma prise à Saint-Malo, j'ai dû, à peine sorti du port, prendre chasse devant trois vaisseaux anglais. Quand je me suis trouvé dans l'Océan, je me suis décidé à faire un tour sur les côtes d'Amérique, et voilà comment je débarquais à Newport huit jours après la *Sainte-Marie*. Depuis ce temps, je chasse pendant qu'on répare mon brick, qui a été fort avarié pendant la traversée. »

Trémor sanglota longtemps, puis il se releva.

Tout cela fut dit simplement. C'était bien le hasard seul qui remettait les deux hommes en présence.

« Eh ! mais voilà encore une vieille connaissance, fit le corsaire en tendant la main à Alain.

— Monsieur, dit le vieux piqueur en serrant respectueusement la main qui lui était offerte, il y a longtemps que je voulais vous dire une chose, c'est que vous avez sauvé la vie à mon jeune maître et que le jour où vous direz au vieil Alain de se faire casser la tête pour vous, il sera bien heureux.

— Merci, mon brave, dit Trémor en riant; j'espère bien ne jamais te rendre heureux comme tu l'entends. »

Pendant tout ce dialogue la Nuée-Blanche était resté muet.

Le corsaire se tourna alors vers le chef et lui parla assez longtemps en indien. A mesure qu'il parlait, les yeux du peau-rouge s'animaient, et une expression de joie profonde se répandait sur son visage, d'habitude impassible.

Quand Trémor se tut, le chef, après avoir dit quelques mots, s'avança vers Louis-René, lui prit la main et la baisa.

« Le chef me dit que vous lui avez sauvé la vie, Monsieur, reprit Trémor ; je puis vous assurer que vous n'avez pas obligé un ingrat.

— Je suis confus, Monsieur, de tous ces compliments. Tout homme de cœur aurait agi comme moi; néanmoins je suis doublement heureux d'avoir rendu ce petit service à quelqu'un de vos amis. »

Il y avait dans les yeux de Louis-René comme une interrogation; le corsaire y répondit.

« Oui, un de mes amis, un de mes chers amis. J'appelais son père mon frère, et c'est moi qui pour la première fois ai mis un fusil dans les mains de l'orphelin.

— Il y a donc bien longtemps que vous venez en Amérique?

— Plus de vingt ans se sont écoulés depuis le jour où j'y abordai pour la première fois.

— Alors, Monsieur, dit Louis-René avec vivacité, peut-être pouvez-vous m'aider dans mes recherches?

— Je suis à vos ordres.

— Je suis venu en Amérique pour y retrouver les assassins de mon père et venger sa mort.

— Votre père est mort en Amérique ?

— Au Canada.

— Il y a longtemps ?

— C'était en 1759. Je n'ai jamais connu mon père... Je l'aurais tant aimé ! Quand on me raconte quelqu'un des exploits de sa carrière de soldat, quand je considère son portrait, quand une rencontre, un mot vient donner plus de force à mes souvenirs, je me sens secoué par une émotion extraordinaire, une sorte de vertige me prend, et je donnerais vingt ans de ma vie pour me trouver face à face avec ceux qui me l'ont tué... »

Louis-René, les yeux remplis de larmes, la poitrine haletante, s'arrêta brusquement.

Trémor était si pâle, qu'on eût pu croire qu'il allait mourir.

« Pardonnez mon émotion, reprit Lancieux au bout d'un instant. Il faut que je vous dise tout, car peut-être pouvez-vous me fournir une trace, un indice précieux pour accomplir la tâche que je me suis assignée. Les misérables assassins n'ont pas seulement tué mon père, ils ont encore souillé sa mémoire, et aujourd'hui je porte un nom déshonoré !... »

Le jeune homme s'arrêta encore une fois.

Le corsaire poussa une sorte de rugissement, et Alain, qui le considérait attentivement depuis le commencement de l'entrevue, fut épouvanté de la terrible expression de sa physionomie.

Après un silence que tous respectèrent, Louis-René raconta tout ce qu'il savait sur la mort de son père, sans omettre aucun des détails que l'inconnu lui avait confiés au Guildo.

Pendant ce récit et surtout au moment où Lancieux raconta comment la redoute Saint-Jean, où commandait son père, avait été livrée aux Anglais, un observateur aurait pu suivre la transformation complète qui s'opérait sur le visage de la Nuée-Blanche. A l'impassibilité hautaine du sauvage avait succédé une expression terrifiante de férocité. Ce n'était plus une face humaine, c'était un masque de fauve avide de carnage.

Trémor pendant ce temps gardait la tête baissée.

Quand le jeune homme eut fini, il releva son front où perlaient des gouttes de sueur; ses mains tremblaient comme celles d'un fiévreux.

« J'ai connu toute cette triste histoire, monsieur le comte, dit-il d'une voix lente, et je puis vous aider dans votre entreprise... »

Louis-René voulut parler, le corsaire l'arrêta d'un geste.

« Mais il faut me promettre de ne pas douter de moi, de n'entraver en rien ce que vous me verrez tenter, si bizarre parfois que cela puisse vous paraître.

— Vous avez ma parole, Monsieur.

— Bien; Dieu aidant, nous réussirons, j'en donne ici ma foi. »

Trémor dit ces mots avec une telle majesté, que tous courbèrent la tête.

« A présent, monsieur de Lancieux, continua le corsaire, remontez à cheval, suivez cette sente que vous voyez s'ouvrir à droite. Dans vingt minutes vous serez au camp.

— Quand vous reverrai-je? murmura Louis-René, que l'émotion suffoquait.

— Bientôt. Allez maintenant, et que Dieu vous garde. »

Quand Louis-René et le vieux piqueur eurent disparu au tournant du sentier, Trémor, le corsaire sans peur; Trémor, qui avait vu sans pâlir se tordre autour de lui des mêlées atroces; Trémor aux mains rouges, qui vingt fois avait bravé la mort en souriant, se laissa aller sur l'herbe et pleura comme un enfant.

L'Indien le contemplait avec, dans les yeux, un grand amour et une grande pitié.

Trémor sanglota longtemps, puis il se releva, dédaignant d'essuyer ses yeux, perdus maintenant dans un rêve.

« Vous souffrez, mon père, dit doucement la Nuée-Blanche.

— Oui, je souffre, je souffre comme un damné, rugit le corsaire en crispant ses mains à sa large poitrine; tu dois comprendre ce que je souffre, tu m'as vu pleurer ! Avoir là, devant moi, mon fils adoré ; le retrouver beau, brave, loyal comme je le voulais, l'entendre gémir sur ma mort, et ne pouvoir lui ouvrir les bras, ne pouvoir lui crier : C'est moi ton père !... Ah ! j'aimerais mieux mille fois tous les supplices, toutes les tortures sous lesquelles vous faites râler l'agonie de vos captifs de guerre !

— Pourquoi mon père n'a-t-il pas parlé ?

— Pourquoi je me suis tu, pourquoi j'ai fermé mon cœur, tu le demandes ! Tu oublies donc que pour tous j'ai trahi ma foi, que pour tous j'ai vendu mes frères d'armes ! Je ne veux pas que mon fils puisse douter un instant. Je veux que le jour béni où je pourrai lui dire : Je suis ton père ! l'enfant sache en même temps qu'il n'a pas à rougir de moi.

— Mon père a raison comme toujours, et la Nuée-Blanche a mal parlé.

— Pauvre ami ! dit le corsaire en serrant les mains de l'Indien, tu as parlé avec ton cœur, qui a souffert de ma douleur ; maintenant soyons des hommes, et dis-moi ce que tu as appris. »

Le chef se recueillit un instant, puis il dit :

« La Nuée-Blanche a vu celui que mon père appelle Mornas. Il a vu aussi son serviteur.

— Chapitel ? » murmura Trémor.

L'Indien inclina la tête en signe d'assentiment.

« Mornas est au camp français, continua-t-il. Mornas est puissant, et les guerriers lui obéissent.

— C'est tout ce que tu sais ?

— La Nuée-Blanche est rusé comme le serpent. Il suit la trace de ses ennemis sans se faire connaître. Il marche sans bruit et voit dans les ténèbres : Mornas a parlé au chef anglais.

— Quand ?

— Il y aura ce soir deux soleils.

— Qu'ont-ils dit ?

— Mornas a promis de livrer le camp français, mais il a demandé du temps.

— Doivent-ils se revoir ?

— Pas avant la fin de la première lune.

— A quel endroit ?

— Toujours dans la hutte ruinée qui est à la fourche des deux rivières. »

Le corsaire se leva. Son visage aux traits accentués montrait une résolution implacable.

« Cet homme est perdu, dit-il simplement. Je remercie Dieu, qui me le livre. Natah-Dah, continua-t-il en donnant au chef son nom indien, tu as fait pour moi plus que je n'ai fait pour toi ; je t'ai sauvé la vie, tu vas me rendre l'honneur.

— Mon père sait bien que je l'aime et que je suis payé quand il a dit : Je suis content. »

Trémor ne l'écoutait plus ; les sourcils froncés, il réfléchissait. Enfin son front s'éclaircit :

« Tu as toujours ta cabane de l'arbre fendu ? demanda-t-il à la Nuée-Blanche.

— Toujours.

— C'est bien, je vais y passer la nuit.

— Allons, » dit simplement la Nuée-Blanche.

Il ramassa son fusil, qu'il jeta sur son épaule, tira sa hache de sa ceinture, et s'avança le premier, frayant un chemin dans les herbes hautes.

---

# IV

QUELQUES MOTS D'HISTOIRE. — LES DISTRACTIONS DE M. DE KERANIGOU
L'ARMORIAL PEAU-ROUGE. — L'OUTRAGE. — ASSASSIN

# IV

QUELQUES MOTS D'HISTOIRE. — LES DISTRACTIONS DE M. DE KERANIGOU
L'ARMORIAL PEAU-ROUGE. — L'OUTRAGE. — ASSASSIN

Les renforts partis de France étaient arrivés sans encombre à Newport après trente jours de mer.

Le contingent de quinze cents hommes, ainsi que le matériel et les munitions, dont on commençait à avoir grand besoin, furent reçus avec enthousiasme par les Américains.

Les troupes françaises furent immédiatement dirigées sur les postes du fleuve Hudson, que Washington et Lafayette avaient été obligés de dégarnir, pour renforcer leurs corps d'armée respectifs.

Pour les alliés, la campagne avait d'abord mal débuté. Cornwallis, après avoir ravagé toute la Virginie, commettant les plus affreux brigandages et laissant commettre de véritables actes d'atrocité, menaçait d'écraser Lafayette, qui, avec deux mille hommes à peine, se trouvait posté entre Richmond et Wilton.

Le général anglais se croyait sûr de vaincre; les lettres qu'il adressait au cabinet de Saint-James en témoignent éloquemment.

Mais Lafayette, par des manœuvres habiles, sut toujours tenir son adversaire à distance, tout en l'entraînant vers le nord. Il passa sans dommages les rivières de North-Anna et de South-Anna, et, après avoir traversé la contrée déserte de Rapidau, il put enfin effectuer sa jonction avec Wayne, le lieutenant de Washington.

Les deux armées se rencontrèrent non loin du gué de Raccoon.

Alors la situation changea.

Le général français obligea Cornwallis à se mettre en retraite. Les Anglais traversèrent de nouveau la Virginie, harcelés par Lafayette, qui voulait fatiguer l'ennemi, mais qui se trouvait trop faible numériquement pour risquer une action décisive.

Cornwallis, sentant bien qu'un jour viendrait où les alliés, qui se grossissaient chaque jour par des contingents enlevés aux postes échelonnés sur la ligne de l'Hudson, proposeraient la bataille, écrivait à son chef Clinton, prudemment enfermé à New-York, des lettres pressantes, où il demandait instamment des renforts.

Clinton, qui ne voulait à aucun prix que son lieutenant gagnât une bataille qui pouvait décider du sort de la guerre, non seulement refusa les renforts, mais exigea impérieusement de Cornwallis l'envoi de trois mille hommes des meilleures troupes anglaises, dont il avait, disait-il, le plus grand besoin.

La mort dans l'âme, Cornwallis, soldat avant tout, obéit aux ordres reçus.

Clinton terminait ses instructions en recommandant à Cornwallis de rester sur la défensive, et en lui désignant à son choix un point solide et sain, comme Williamsburg ou York-Town, où il pourrait résister longtemps et attendre les événements sans dommage.

Lord Cornwallis n'était pas un grand homme de guerre; néanmoins il comprit que c'était se suicider que de s'enfermer dans York-Town.

Il ne put s'empêcher de remarquer un grand coquin de sauvage qui le visait avec un soin tout particulier.

Ce lieu, qui devait devenir célèbre quelques semaines plus tard, était alors un pauvre village, perché sur de hautes falaises, au bout d'une presqu'île étroite.

Le général anglais résolut alors de tenter un coup désespéré. Il s'agissait de marcher droit à Rochambeau, qui arrivait avec des troupes fraîches, de le culbuter et de rejoindre l'armée de Clinton, en piquant hardiment au nord.

Cornwallis n'ignorait pas la haine que lui portait le général en chef; mais il aimait mieux encourir son blâme et les rapports injustes qu'il ne manquerait pas d'adresser à la métropole que de sacrifier ses troupes, fatalement destinées au massacre ou à quelque honteuse capitulation.

Les dispositions furent vite prises.

Il connaissait par ses espions les positions exactes des Français et des Américains, et était persuadé que Rochambeau et Lafayette se croyaient encore très éloignés l'un de l'autre.

C'était sur cette ignorance réciproque qu'était basé tout son plan. De plus, les intelligences qu'il avait su se ménager dans le camp français lui permettaient, croyait-il, de surprendre son adversaire, grâce aux renseignements précis qui lui seraient adressés.

M. de Keranigou, malgré toutes les représentations de Louis-René, n'avait pas voulu rester à Newport. Il avait tenu à suivre son neveu. En peu de temps le chevalier s'était déjà rendu célèbre parmi les Français, grâce à ses merveilleuses distractions. Un jour, dans une petite affaire d'avant-garde, il avait bravement chargé les Anglais avec sa canne, persuadé qu'il avait l'épée à la main ; deux jours après il abordait un pauvre sergent, chapeau bas, en lui demandant des nouvelles de sa santé, en l'appelant « monsieur le comte » ; par contre, à M. de Rochambeau qui le priait de lui prêter sa lunette, il avait répondu :

« Tout à l'heure, mon garçon, quand j'aurai fini de regarder. »

Le général s'était beaucoup égayé de l'aventure, mais le pauvre chevalier n'osait plus se montrer en public.

Il faut le dire, M. de Keranigou n'était pas heureux. Il avait fait bien des tentatives auprès des officiers pour entamer avec eux une de ces belles discussions sur le blason qui faisaient ses délices ; mais ces messieurs, absorbés per les exigences du service, ne répondaient que faiblement à ses avances.

Un seul jour il fut parfaitement heureux.

L'ennemi barrait la route de York-Town, où tendaient à présent tous les efforts de l'armée alliée.

M. de Rochambeau, en deux marches forcées, prit le contact avec les troupes anglaises, et, profitant de la surprise qu'il causa à l'ennemi, il chargea en désespéré, malgré l'infériorité de ses forces.

Comme toujours, au bout de deux minutes, M. de Keranigou perdit de vue son neveu dans la bagarre. Le chevalier avait arrêté son cheval sur une petite éminence, et il promenait ses regards tout autour de lui pour découvrir la jument grise que montait Louis-René, quand, malgré sa distraction, il ne put s'empêcher de remarquer un grand coquin de sauvage qui, l'arc à l'épaule, la flèche à la corde, le visait avec un soin tout particulier.

Avant qu'il fût revenu de la stupeur où le plongeait cet événement, qui n'avait pourtant rien d'inattendu, la flèche était partie et avait passé tout près de l'oreille de M. de Keranigou, qui, grâce au sifflement meurtrier, se retrouva tout de suite dans la réalité.

Sans s'arrêter à des considérations oiseuses sur les perfections de trajectoire des armes de jet, le chevalier poussa son cheval vers l'Indien, qui l'attendait la hache levée.

Notre gentilhomme n'était pas sanguinaire ; mais le petit sifflement l'avait énervé, et résolument il déchargea son pistolet sur le peau-rouge, qui tomba comme une masse.

Il allait poursuivre son chemin, quand par hasard ses yeux s'arrêtèrent sur le corps du sauvage, que les derniers sursauts agitaient encore.

Il poussa un cri, qu'on dut entendre de très loin, et sauta à bas de son cheval.

« Merveilleux, c'est merveilleux ! » disait-il.

Nous allons immédiatement expliquer à nos lecteurs la cause de l'émotion extraordinaire de M. de Keranigou.

Le peau-rouge était tatoué.

Il portait sur la poitrine de belles peintures de guerre toutes fraîches, représentant, dans un encadrement en dents de scie, des oiseaux informes et des quadrupèdes rudimentaires, séparés les uns des autres par une sorte de croix.

M. de Keranigou s'assit sur une grosse pierre, et contempla longtemps le thorax de sa victime.

La contemplation dura bien dix minutes.

Enfin il se redressa, comme mû par un ressort mystérieux, et s'adressant à des auditeurs imaginaires :

« Qu'on ose maintenant, s'écria-t-il, qu'on ose maintenant soutenir devant moi que l'art du blason n'est pas universel et le premier de tous ! »

Ici le chevalier sembla grandir, et, avec un geste au front qui renversa son chapeau et bouleversa sa perruque, il poursuivit :

« Regardez ce sauvage, Messieurs, voyez les emblèmes qu'il porte sur le corps ; ce sont ses armes, les armes de sa famille. Je puis les décrire facilement : l'écu de ce sauvage, qui devait être un homme de qualité parmi les siens, peut se lire ainsi : Engrêlé de sinople, écartelé de quatre pièces sur fond de gueule avec par deux et deux contrariés des merlettes au naturel, et deux et deux des lions passant de même. »

Le chevalier s'arrêta, très essoufflé et très ému.

« Presque les armes des Palpoully de Kerganeris, » murmura-t-il après un silence.

Avec le plus grand soin, cet accès d'éloquence une fois passé, le digne gentilhomme se mit en devoir de copier sur son album les dessins qui ornaient l'épiderme du guerrier.

Le travail dura longtemps.

Il entendit bien vaguement autour de lui des galops endiablés, des appels, des sonneries, des râles de mourants, des détonations, des sifflements de projectiles; mais rien ne pouvait plus le distraire désormais de la tâche qu'il avait entreprise.

Combat, coups de fusil ou de pistolet, il avait tout oublié. Il était tout entier à la science.

Il terminait son croquis, exécuté de la façon la plus scrupuleuse, quand il remarqua un corps mouvant qui venait se placer entre son modèle et lui.

M. de Keranigou réprima un mouvement de mauvaise humeur, et dit d'un ton qu'il s'efforçait de rendre affable, car il était extrêmement poli :

« Un instant encore, je vous prie, Monsieur, et je suis tout à vous. »

Mais le corps opaque ne bougeait pas.

Il sembla même au chevalier qu'il parlait.

Alors il releva la tête.

« Comment! dit-il, c'est vous, Alain?

— Mais oui, monsieur le chevalier, c'est moi, gémit l'honnête serviteur, dont les habits étaient couverts de poussière et de sang ; tout le monde vous croyait tué. M. Louis-René est d'une inquiétude...

— Vous pouvez aller le rassurer, mon garçon, il ne m'est rien arrivé de fâcheux,... bien au contraire; mais laissez-moi finir, je vous en prie. »

Alain s'écarta tout en maugréant, et tandis que le chevalier reprenait son dessin, on aurait pu entendre une série de phrases entrecoupées de jurons d'où il ressortait clairement que, aux yeux d'Alain, le vieux seigneur était fou.

Quand il eut terminé, M. de Keranigou, après un dernier regard sur le peau-rouge et sur son croquis, plia proprement son album, le mit dans sa poche et se leva.

« Tiens, dit-il après avoir cherché autour de lui, où donc est mon cheval ?

— L'aviez-vous attaché ? demanda Alain.

— Non, la bonne bête sera retournée au camp.

— Sans doute ; mais comme vous ne pouvez faire la route à pied, je vais vous donner le mien. »

Et le fidèle écuyer se disposait à mettre pied à terre.

« Inutile, Alain, inutile ; je serai très bien en croupe.

— Mais cependant, monsieur le chevalier,... insista Alain.

— Non, non, je serai fort bien, laissez-moi faire. A propos,... et les Anglais ?

— Battus à plate couture.

— A merveille. Et mon neveu ?

— Il s'est conduit en vrai gentilhomme.

— Il n'est pas blessé ?

— M. le comte n'a pas reçu une égratignure.

— Alors tout est pour le mieux. A présent, en route ! »

Et avec une légèreté qu'on n'aurait certes pas attendue de lui, M. de Keranigou se mit en croupe.

Une heure après, les deux hommes arrivaient au camp.

Louis-René ne vivait plus depuis qu'il avait retrouvé Trémor.

En dehors de la sympathie extraordinaire qui l'attirait vers le mystérieux corsaire, il sentait que cet homme avait le secret de sa destinée et de son honneur.

Il avait raconté à son oncle l'étrange rencontre qu'il avait faite dans la forêt, ainsi que les événements qui l'avaient suivie; mais M. de Keranigou, qui depuis sa grande découverte du blason peau-rouge semblait

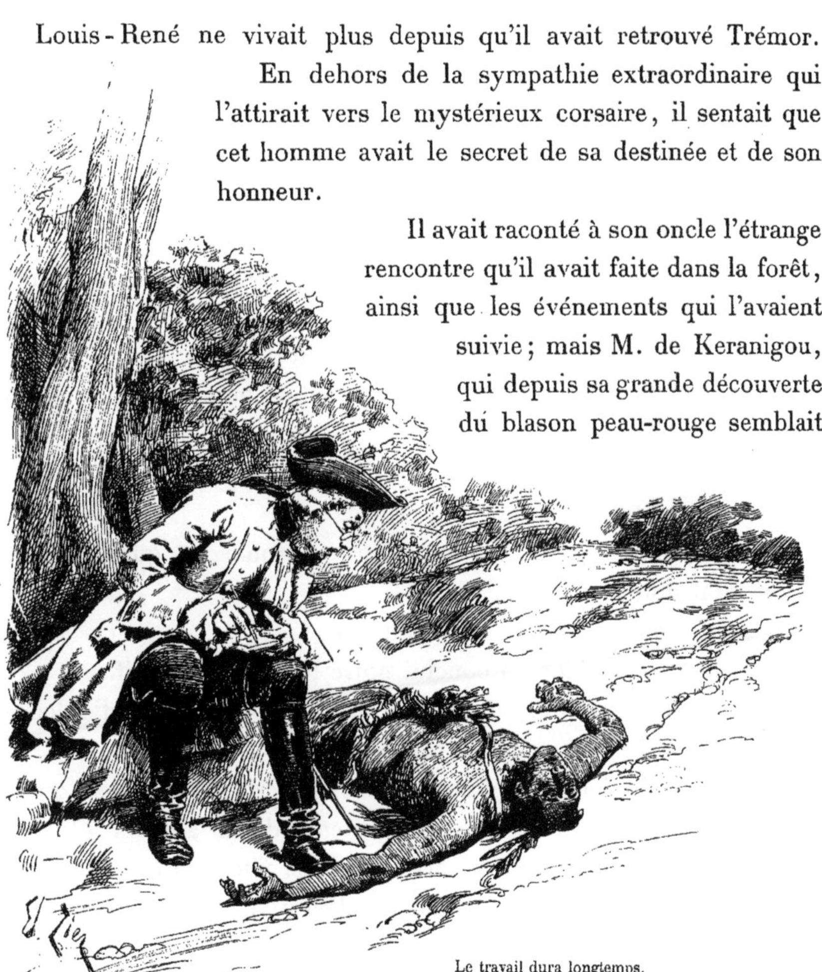
Le travail dura longtemps.

vivre dans un rêve, n'avait prêté à son récit qu'une oreille peu attentive et une attention absolument vague.

Trévelec était devenu son seul confident.

Vingt fois par jour, le jeune homme répétait au vieux soldat :

« Si nous ne revoyions plus Trémor, Alain! »

Ce à quoi le brave serviteur répondait invariablement :

« Ne vous tourmentez donc pas, monsieur le comte; ce Trémor est un homme, je m'y connais, et il faut avoir confiance en lui. »

Un jour Alain vit arriver son maître tout agité :

« Alain, tu ne sais pas qui vient d'entrer au camp?

— Comment le saurais-je, Monsieur? Voilà deux heures que je ne suis pas sorti de la hutte.

— Eh bien, c'est M. de Mornas qui vient d'arriver.

— M. de Mornas!... n'est-ce pas ce vilain homme que vous avez rudoyé sur le bateau?

— Lui-même.

— Voilà un triste oiseau.

— Cet homme, je le hais je ne sais pourquoi, et quelque chose me dit qu'il doit m'être fatal.

— Je ne vous savais pas superstitieux.

— Nous verrons bien, » conclut notre héros tout pensif.

Le soir même, M. de Rochambeau recevait tout le corps d'officiers, afin de le présenter au grand prévôt.

Après les premiers compliments officiels, M. de Mornas, qui au premier coup d'œil avait aperçu Louis-René, dit au général :

« Je suis désolé d'avoir à formuler aussi vite une critique, mais j'aperçois là-bas un volontaire qui ne devrait pas être au milieu de nous. »

En deux bonds Lancieux fut au premier rang, défiant son ennemi de ses yeux clairs.

« Le roi m'a recommandé, continua le baron avec un mauvais sourire, de veiller strictement à la discipline, qui, paraît-il, se relâche beaucoup. Il est d'un mauvais exemple de laisser ainsi les soldats frayer avec les officiers. Je vous prie d'y tenir la main à l'avenir, monsieur le marquis. »

Rochambeau, d'abord surpris, était devenu bientôt rouge de colère.

« Monsieur le grand prévôt, riposta-t-il avec emportement, je crois que vous sortez un peu des attributions de votre charge. Je suis ici chez moi, et je sais les personnes que je dois y recevoir. M. le comte de Lancieux n'a pas de brevet régulier, mais il remplit les fonctions d'enseigne depuis son arrivée parmi nous, et je me plais à constater que son assiduité à ses devoirs militaires et la brillante valeur dont il a fait preuve à maintes reprises méritent mieux que ce modeste grade. »

Louis-René, tout frémissant, allait parler, quand M. de Mornas le prévint.

« Allons, dit-il, je vois que Sa Majesté était bien renseignée, puisqu'on pousse l'insubordination jusqu'à traiter aussi rudement un homme de ma qualité et de mon rang. A votre aise, monsieur le marquis; mais permettez-moi de me retirer d'une compagnie où l'on s'expose à rencontrer des soldats déguisés en enseignes et des aventuriers travestis en gentilshommes. »

Et M. de Mornas, enfonçant son chapeau d'un geste délibéré, allait s'en aller, quand Louis-René, le saisissant au poignet, le cloua au sol.

« Vous venez de m'insulter de la façon la plus sanglante, Monsieur! s'écria le jeune homme. C'est la seconde fois que vous m'outragez; vous vous êtes dérobé à notre arrivée à Newport, mais à cette heure vous m'en rendrez raison, ou j'y perdrai mon nom.

— Allons, vous êtes fou, laissez-moi passer, dit M. de Mornas, qui voulait faire un pas vers la porte.

— Vous ne me rendez pas raison? continua le jeune homme blême de fureur.

— Je vous répète que vous perdez la tête, mais je veux bien vous pardonner, car vous êtes encore à l'âge où l'on donne le fouet aux petits garçons.

— Misérable ! » rugit Lancieux, et sa main s'abattit avec tant de violence sur le visage du baron, que le sang jaillit.

Grinçant des dents, livide, épouvantable à voir, M. de Mornas, qui s'était un peu reculé, porta la main à son épée, qu'il dégaina à demi.

Louis-René, tout droit, les bras croisés, dominait son adversaire de son regard étincelant de colère et de courage.

On se jeta entre les deux adversaires.

« Lancieux, qu'avez-vous fait? dit avec douceur Rochambeau, qui était visiblement peiné de la scène de violence qui venait de se produire.

— J'ai défendu mon honneur, mon général, répliqua vivement le jeune homme, et tous les hommes de cœur qui m'entourent auraient agi comme moi.

— Ah! vous m'avez frappé, mon beau jeune homme, rugissait Mornas toujours maintenu; eh bien! moi, je vous ferai fusiller, non pas même fusiller,... je vous ferai pendre!

— Vous ne ferez pendre personne, entendez-vous, monsieur le grand prévôt! interrompit doucement M. de Rochambeau. Je suis le maître ici et le seul juge. Vous avez poussé cet enfant à bout, et je m'explique mal l'acharnement avec lequel vous l'avez provoqué.

— Il m'avait insulté à bord du vaisseau qui nous a amenés de France.

— Je ne connais rien de cette histoire, mais vous auriez dû avoir plus de ménagements pour ce jeune homme. Le malheur de son père...

— Dites sa trahison, » ricana Mornas.

Un râle de douleur s'échappa de la poitrine de Louis-René.

« L'affaire n'a jamais été éclaircie, et il y a encore dans l'armée bien des braves gens qui jureraient que jamais Lancieux n'a forfait à l'honneur.

— Je le sais mieux qu'un autre, puisque j'étais avec lui à la redoute Saint-Jean. »

Il se fit un tumulte.

D'un effort puissant le jeune comte avait écarté tous ceux qui le retenaient et s'était dressé, pâle, les yeux étincelants, effrayant de colère, devant M. de Mornas.

« Fréville ! dit-il d'une voix sourde, c'est vous Fréville ! »

Ébloui par le regard de flamme du jeune homme, Mornas baissa la tête. Il regrettait amèrement son imprudence. Désormais Louis-René était maître de son secret.

Mais il comprit que son trouble le perdait, et, se redressant très vite, il dit avec insolence :

« Cette scène odieuse va-t-elle se prolonger? et vous, monsieur le marquis, allez-vous me laisser insulter plus longtemps ?

— Je crois que je commence à voir clair dans tout ceci, dit lentement Rochambeau en regardant le baron. Mais ce n'est ni le lieu ni l'heure de pousser les choses plus loin.

« Quant à vous, mon cher enfant, continua-t-il en s'adressant à Louis-René, rentrez dans votre quartier. Je vous verrai demain, et nous causerons ; j'ai d'ailleurs une mission à vous confier. »

Louis-René salua sans mot dire; mais, arrivé à la porte, il se retourna et cria d'une voix terrible en désignant M. de Mornas :

« Assassin ! assassin ! »

---

# V

SOUS LA FALAISE. — UNE TRAHISON. — SIR HARRY LINTON
COUPS DE FUSIL. — EN ROUTE VERS LE CAMP

# V

SOUS LA FALAISE. — UNE TRAHISON. — SIR HARRY LINTON
COUPS DE FUSIL. — EN ROUTE VERS LE CAMP

La fourche des deux rivières où nous allons retrouver plusieurs de nos personnages formait une élévation de terrain assez considérable qui dominait les flots tumultueux d'un affluent presque ignoré du Potomac, à l'endroit où il se confondait avec les eaux du fleuve.

L'avantage considérable de cette position était l'impossibilité d'une surprise ; le tertre, surmonté d'un bouquet de châtaigniers assez épais, était tout autour absolument dégarni, et quant au côté du plateau qui regardait la rivière, il était défendu de lui-même par une muraille presque à pic de vingt mètres de haut.

C'est pourtant à la base de cette sorte de falaise que nous allons découvrir deux hommes blottis sous des touffes de joncs, et si bien cachés par les plantes rampantes et par les herbages aquatiques, qu'on aurait pu dix fois passer en bateau à côté d'eux sans remarquer leur présence.

Le plus âgé porte un costume de trappeur, le second est un Indien.

« Tu es sûr, Natah-Dah, dit le premier, que nous sommes bien sous la fourche?

— Mon père peut être tranquille, répond le jeune chef, que nos lecteurs ont déjà reconnu; nous sommes bien à l'endroit indiqué. D'ailleurs, continua la Nuée-Blanche en regardant le soleil, voici l'heure. Natah-Dah va monter jusqu'au plateau, et mon père sera content.

— Va, » dit simplement Trémor.

Alors commença une ascension qui semblerait prodigieuse, si l'on ne connaissait pas l'adresse extraordinaire des peaux-rouges dans tous les exercices physiques.

Très lentement, avec des arrêts provoqués par la prudence et non par la fatigue, le jeune homme, s'aidant des lianes et des pointes de rochers, se hissait peu à peu le long de la paroi. Au bout de quelques minutes il atteignit enfin la cime du plateau, et là il disparut.

Deux hommes, debout et appuyés sur leur fusil, causaient sur le bord du bouquet de châtaigniers. Tout près d'eux étaient leurs chevaux, attachés à une grosse branche.

C'étaient M. de Mornas et l'inévitable Chapitel.

« Oui, monsieur le baron, disait l'honnête serviteur, nous réussirons, car toutes mes mesures sont bien prises. Notre jeune homme ne fera pas dix lieues...

— Et la dépêche n'arrivera pas à ce damné Washington. Ma foi! mon cher Chapitel, je me sens tout joyeux aujourd'hui, dit le baron avec un sinistre sourire. Tout me réussit. Bien plus, je fais d'une pierre deux coups, puisque je sers mes amis les Anglais tout en faisant disparaître ce jeune drôle, qui pourrait être dangereux, maintenant qu'il sait qui je suis.

— Ah! vous êtes un habile homme!

— Et sais-tu bien ce que nous recevrons, si les Anglais sont vainqueurs?

— Je ne le sais pas, monsieur le baron.

— Cinquante mille livres!

— C'est un beau denier.

— Eh! fou, tu ne comprends pas. Je ne parle pas de livres de France, mais bien de belles et bonnes livres anglaises, qui valent chacune un louis de notre monnaie.

— Par le diable! est-ce possible?

— Tu pourras bientôt t'en assurer par toi-même, car tu ne seras pas oublié,... tu me connais?

— Je sais que vous êtes un généreux seigneur.

— Que dirais-tu de deux mille pistoles?

— Deux mille pistoles! répéta le bandit, dont les yeux étincelèrent d'une horrible joie; mais c'est la fortune.

— Si nous triomphons, elles sont à toi!... Mais taisons-nous, voici ceux que nous attendons. »

Quatre cavaliers venaient, en effet, de dépasser la lisière du bois. Les deux premiers étaient des Indiens; les deux autres portaient l'uniforme anglais.

M. de Mornas s'avança au-devant des nouveaux venus avec de grandes démonstrations de politesse.

Très froidement les Anglais saluèrent. Ils mirent pied à terre, abandonnèrent la bride de leurs chevaux aux Indiens, et, suivis de M. de Mornas et de Chapitel, ils pénétrèrent dans le petit bouquet de châtaigniers.

C'était à ce moment précis que la Nuée-Blanche parvenait à gagner le plateau et se cachait dans un buisson tout près des quatre hommes, pouvant tout voir et tout entendre.

L'un des officiers anglais était un grand vieillard aux cheveux blancs, à la physionomie hautaine; il ne se gênait pas pour manifester toute la répugnance que lui causait M. de Mornas, et quand celui-ci avait fait un geste pour lui tendre la main, le vieillard s'était détourné si visiblement, que le front du traître s'était empourpré d'une ardente rougeur.

L'autre était un tout jeune homme rose et blond, heureux de vivre.

Le premier était sir Harry Linton, brigadier de l'armée royale; le second était Édouard Carter, son officier d'ordonnance.

« Eh bien, Monsieur, demandait le général, êtes-vous disposé à tenir vos promesses?

— Votre Honneur en jugera.

— Jusqu'à présent vous nous avez été utile, j'en conviens; mais toutes vos révélations étaient de faible importance. A notre dernière entrevue, vous nous avez promis mieux.

— Et je tiendrai.

— Vous connaissez le plan de jonction de Rochambeau et de George Washington? dit très vite sir Harry.

— Non, pas encore. »

L'Anglais ne put réprimer un geste de désappointement.

« Mais demain, continua Mornas, demain vous aurez la dépêche que Rochambeau adresse aux chefs rebelles et qui contient tout le plan de campagne.

— Et cette dépêche?

— Sera demain entre vos mains, vous dis-je. C'est un jeune officier qui est chargé de la porter. Je sais où il passe, vous pouvez être assuré qu'il ne m'échappera pas. »

Si le général avait pu comprendre tout ce que cette simple phrase contenait de haineuse férocité, son cœur loyal de soldat se serait révolté.

« Mais Washington s'étonnera de ne rien recevoir de ses alliés. Il attend, pour commencer ses opérations, la dépêche des généraux français.

— Il la recevra.

— Qui la lui portera, puisque vous promettez de l'arrêter?

— Moi.

— Vous, Monsieur!

— Moi-même. Aussitôt que vous aurez reçu le pli et que vous en aurez pris connaissance, vous me rédigerez de nouvelles instructions, avec lesquelles je confectionnerai la dépêche que je remettrai à Washington. De la sorte vous laisserez Rochambeau agir seul, tandis que, sans qu'il s'en doute, c'est vous qui dirigerez les opérations de George.

— Cet homme a le génie du mal, murmura l'Anglais.

— Mais si l'on vous découvre? objecta sir Harry.

— Ne vous mettez pas en peine de moi. Je ne resterai pas longtemps parmi les rebelles, et je m'embarquerai pour l'Europe aussitôt que... »

M. de Mornas hésitait.

« Aussitôt que vous aurez touché votre argent, termina le général avec un dégoût visible. Soyez sans inquiétude à ce sujet, l'Angleterre fera honneur à mes promesses; mais que je sois damné, continua-t-il avec véhémence, si je n'aimerais pas mieux vingt morts que de gagner de l'argent de pareille manière! »

Les yeux de M. de Mornas eurent une lueur sinistre.

« Il me faut de l'or, dit-il, beaucoup d'or.

— N'en avez-vous donc pas assez! Depuis le temps que vous vendez vos frères...

— Monsieur!...

— Vous ne m'avez pas reconnu, vous, quand nous nous sommes

rencontrés?... Ce n'était pourtant pas la première fois que nous nous trouvions face à face.

— Vous vous trompez, Monsieur.

— Non, je ne me trompe pas, rappelez-vous la redoute Saint-Jean. »

M. de Mornas devint très pâle.

« Ah! vous étiez là, balbutia-t-il.

— J'étais là. Maintenant arrêtons nos dernières dispositions. Chacun conduit sa vie à sa guise, et Dieu juge. »

Dès que Natah-Dah eut constaté la présence de ceux qu'il attendait, il revint vers Trémor.

« Ils sont là, dit laconiquement le jeune chef.

— Qui? demanda le corsaire.

— Mornas et Chapitel d'abord, puis les Anglais, qui viennent d'arriver.

— Bien. Ils sont seuls?

— Deux guerriers pawnees les accompagnent.

— Tu as trouvé une place d'où l'on peut bien entendre?

— Mon père jugera.

— Alors, en route. »

Et, prenant le même chemin que l'Indien, Trémor s'élança avec une incroyable agilité dans les lianes qui lui rappelaient les haubans de son brick.

Natah-Dah le suivait.

Ils parvinrent sans encombre à la cachette découverte par l'Indien, et Trémor dut avouer qu'il eût été difficile de mieux choisir.

Les deux hommes restèrent immobiles pendant toute la durée de l'entretien; mais au moment où sir Harry rappela à Mornas qu'il le connaissait et que cette connaissance datait de la redoute Saint-Jean, ils eurent tous les deux un mouvement involontaire.

Une profonde joie se lisait dans les yeux du corsaire. Puis il courba le front en murmurant avec un accent de gratitude infinie :

« Mon Dieu, je vous remercie. »

Il se pencha ensuite à l'oreille de Natah-Dah et lui parla si bas, qu'à deux pas nul n'aurait pu entendre même un souffle.

« Tout est changé maintenant, disait-il ; il faut à tout prix nous emparer de ces hommes, l'occasion que je cherche depuis vingt ans m'est enfin offerte. Tu as entendu ? Cet homme, cet Anglais, c'est le témoin qu'il me faut !

— Que mon père ordonne, la Nuée-Blanche obéira, murmura Natah-Dah.

— Nous allons nous séparer, dépasser en rampant le bouquet d'arbres de façon à les acculer à la

Trémor s'élança avec une incroyable agilité dans les lianes.

rivière. Quand tu entendras le cri de la pie, tu abattras l'Indien le plus rapproché de toi; je me charge de l'autre. Après, tu feras ce que tu me verras faire.

— Natah-Dah a compris, » murmura le jeune chef.

Les deux hommes commencèrent à ramper sans bruit, et disparurent bientôt dans les hautes herbes.

Dans la petite clairière du bouquet de châtaigniers, les quatre hommes s'étaient levés et étaient sur le point de se séparer.

Soudain le cri de la pie s'éleva.

L'un des deux Indiens tomba comme une masse, la tête fendue par la terrible hache de Trémor.

Par malheur, au moment où Natah-Dah se dressait pour frapper, son pied enfonça dans un trou, et il tomba sur les genoux.

Au bruit de la chute, le Pawnee s'était retourné l'arme à l'épaule. A bout portant, il lâcha son coup de fusil; mais le jeune homme avait relevé le canon d'un geste rapide, et, bondissant sur son ennemi, l'avait étendu mort d'un foudroyant coup de couteau.

L'alarme était donnée. Au bruit de la détonation, M. de Mornas, Chapitel et les deux Anglais s'étaient abrités derrière les arbres, interrogeant anxieusement de tous leurs regards l'espace libre laissé entre la lisière de la forêt et leur abri.

Rien ne bougeait plus dans les herbes.

« C'est quelque tour de ces maudits Indiens, grommela M. de Mornas, qui paraissait fort inquiet. Mais je ne vois plus les Pawnees, continua-t-il en avançant un peu la tête hors des branches; est-ce que ces diables rouges nous auraient trahis?

— Je suis sûr d'eux, répliqua sir Harry Linton; s'ils ne nous gardent plus, c'est qu'ils sont morts. »

Il y eut dans la clairière un silence lugubre qui dura quelques minutes.

« Nous ne pouvons pourtant pas rester ici éternellement, dit Edouard Carter, qui frémissait d'impatience.

— N'est-ce pas quelque tour de votre façon, Monsieur? demanda sévèrement le général au baron.

— Je vous jure sur l'honneur,... » commença M. de Mornas.

L'Anglais sourit dédaigneusement.

L'espion s'arrêta net et se mordit les lèvres.

« Au fait, dit le général, j'ai un meilleur garant que votre parole : c'est votre intérêt, qui n'est certes pas de nous livrer, car je n'aurais qu'à ouvrir la bouche pour vous faire pendre sans jugement. »

Avec des précautions infinies, Chapitel, dont personne ne s'occupait, avait trouvé moyen de faire rentrer les chevaux dans la clairière.

« Si l'on veut bien me permettre de parler, dit l'homme de confiance de M. de Mornas d'une voix doucereuse, je donnerai mon avis, qui, je crois, est le bon.

— Parlez, dit l'Anglais.

— Nous n'avons qu'une seule chance de nous tirer d'ici, c'est de monter à cheval et de piquer droit devant nous jusqu'à la forêt. Il n'y a pas plus de deux portées de fusils d'ici là, et une fois dans le bois nous serons sauvés. Les sauvages ne sont sûrement pas montés; sans quoi ils nous auraient chargés.

— Soit, dit sir Harry après une minute de réflexion. A cheval! »

En un instant les quatre hommes furent en selle.

« Attention à présent, commanda d'une voix ferme le général. Il faut nous diviser, nous éloigner les uns des autres le plus possible, pour donner moins de chances aux tireurs. Le rendez-vous général est à ce bouquet de thuyas que vous voyez devant vous un peu à notre droite.

« Maintenant, en avant! »

Les quatre hommes s'élancèrent hors du fourré en prenant quatre directions différentes.

Aussitôt que l'Indien avait été par terre, la Nuée-Blanche s'était aplati de nouveau sur le sol et avait été rejoindre Trémor, qui était demeuré auprès du cadavre.

« La Nuée-Blanche n'est pas un guerrier, murmura-t-il d'un ton farouche à l'oreille du corsaire. Il n'a pas vu le trou où son pied s'est enfoncé. Les femmes pourraient lui donner des leçons.

— Qu'importe, après tout, qu'ils soient avertis maintenant? Nous les tenons toujours, puisque leur retraite est coupée. Restons immobiles et attendons. Une seule recommandation, Natah-Dah : il s'agit ici de prendre et non de tuer. Te voilà averti. »

Les deux hommes restèrent silencieux pendant un long moment. Enfin l'Indien dit doucement :

« Mon père a-t-il remarqué qu'ils viennent de faire rentrer les chevaux?

— Oui, répondit Trémor, ils vont essayer de gagner le bois. Après tout, ajouta-t-il insoucieusement, c'était encore le meilleur parti qu'ils avaient à prendre. Mais les voilà. Aux chevaux! vise aux chevaux, Natah-Dah! »

Deux coups de feu retentirent.

Le cheval que montait le général roula sur l'herbe, mortellement atteint, entraînant son cavalier dans sa chute. Voyant son chef tomber, Édouard Carter arrêta brusquement sa monture, qui frémit sur les jarrets, et revint vers le général.

« Au nom du ciel! sauvez-vous, Édouard, s'écria le vieux soldat, qui faisait des efforts incroyables pour se dégager.

— Votre Honneur veut plaisanter sans doute; prenez mon cheval, et faites vite.

— Je commande encore ici, je suppose. Je vous ordonne de

« Quel gage puis-je avoir de votre sincérité ? » demanda l'Anglais.

partir et de me laisser, vous m'entendez! Vous savez tout ce qui a été convenu avec Mornas, agissez à ma place. »

Le jeune officier hésitait.

« Édouard Carter, reprit le général avec véhémence, rappelez-vous que votre désobéissance peut entraîner la perte de l'armée royale.

— Adieu donc, » dit-il les larmes aux yeux.

Il se courba sur l'encolure, piqua des deux et partit à fond de train.

Sir Harry Linton le suivit du regard jusqu'à ce qu'il eût atteint la lisière de la forêt; quand il l'eut vu disparaître sain et sauf, il se laissa aller, épuisé, sur l'herbe.

Avec une incroyable rapidité, Natah-Dah avait rechargé son arme, et sa carabine s'abaissait dans la direction de Mornas, quand il sentit la main de Trémor qui relevait l'arme prête à partir.

L'Indien regarda le corsaire avec un étonnement profond.

« Oui, dit Trémor avec un singulier sourire, laissons-le échapper, cela vaut mieux ainsi. »

Mornas et Chapitel venaient de disparaître à leur tour dans la forêt.

Alors Trémor se leva, — car les deux hommes avaient tiré à plat ventre, — et se dirigea vers le général, qui venait enfin de se remettre sur pied.

Le vieux soldat avait à la main ses pistolets, et le corsaire ne put s'empêcher d'admirer sa contenance résolue.

« Monsieur, dit-il en excellent anglais, vous êtes à ma merci. Avant que vous ayez fait un pas, je vous aurais logé une balle dans la tête. Si vous voulez me donner votre parole de me suivre sans résistance, je m'engage d'honneur à vous rendre la liberté sans conditions dans trois jours d'ici.

— Quel gage puis-je avoir de votre sincérité? demanda l'Anglais.

— Celui-ci! dit fièrement Trémor en jetant à ses pieds sa carabine, sa hache et ses pistolets, et en s'avançant ainsi désarmé vers sir Harry Linton.

— C'est bien, Monsieur, répliqua le vieux soldat en jetant aussi ses armes; vous avez ma parole. »

Les deux hommes furent bientôt l'un près de l'autre.

« M'expliquerez-vous maintenant, Monsieur, dit le brigadier, votre étrange conduite? J'étais absolument en votre pouvoir, je puis le reconnaître à présent, et non seulement vous ne me tuez pas, mais encore vous vous engagez à me faire bientôt libre.

— Ce mystère vous inquiète, avouez-le; vous craignez quelque piège...

— Monsieur...

— Vous n'avez rien à redouter. Vous avez ma promesse, et quand vous saurez mon nom, vous serez tout à fait rassuré.

— Qui donc êtes-vous?

— Trémor, le corsaire.

— Trémor aux mains rouges! répéta l'Anglais avec une sorte d'effroi respectueux.

— Oui, Trémor aux mains rouges, comme les vôtres m'appellent. Eh bien! avez-vous jamais entendu quelqu'un, même de mes pires ennemis, dire que Trémor a manqué à la foi jurée? »

Le vieux soldat s'inclina.

« Je vous expliquerai plus tard, continua le corsaire, ma façon d'en user avec vous. Maintenant vous plaît-il que nous montions à cheval?

— Le mien est mort, dit l'Anglais en désignant la pauvre bête, qui s'agitait encore faiblement.

— Je vais vous en offrir un autre, c'est de toute justice, puisque c'est moi qui vous ai privé de votre monture. »

Tout cela fut dit avec un ton de courtoisie qui contrastait si bien avec le vêtement grossier du corsaire, que sir Harry ne put s'empêcher de manifester son étonnement.

Trémor eut un sourire.

« Oui, je sais bien, dit-il avec bonne humeur : on me représente chez vous comme un être extraordinaire, un bandit ne croyant ni à Dieu ni au diable, toujours plongé dans le sang et rêvant de nouveaux massacres... Je suis heureux de l'occasion qui m'est offerte, puisque vous pourrez témoigner que je ne suis pas aussi sauvage qu'on veut bien le dire.

— Mais vous êtes un vrai gentleman, Monsieur, riposta galamment l'Anglais, et je bénis presque ma mauvaise fortune, qui m'a fait tomber entre les mains d'un vainqueur aussi courtois. »

Au fond du cœur, sir Harry Linton trouvait vraiment que les choses s'arrangeaient au mieux. Comme il ignorait que Trémor eût entendu sa conversation avec M. de Mornas, il restait persuadé que puisque Carter avait pu s'échapper, les dispositions qu'il avait prises seraient exécutées à la lettre. Il était donc sans inquiétude pour l'avenir et acceptait la situation présente avec une aimable philosophie.

« Voici nos chevaux, » dit Trémor en désignant Natah-Dah, qui arrivait tenant en main deux superbes animaux de race, ainsi que l'une des bêtes que la mort des Pawnees avait laissées sans maître et qu'il avait pu rattraper.

De ses propres mains, et sans permettre que l'Anglais l'aidât en quoi que ce soit, le corsaire mit la selle du général sur le dos d'un magnifique étalon, noir comme le jais, que le vieux soldat admira en connaisseur.

Une fois à cheval, et comme le brigadier cherchait curieusement autour de lui, Trémor lui demanda le but de ses investigations.

« Je ne vois pas vos hommes, dit enfin l'Anglais.

— Voilà tous mes soldats, » dit en riant le corsaire, qui frappait amicalement sur l'épaule de l'Indien.

Deux minutes après, la petite troupe était dans la forêt.

Pendant toute la durée du voyage, Trémor et le général avaient causé. Nous dirons plus tard ce qui devait résulter de cette conversation.

Il faisait nuit quand Trémor, Natah-Dah et sir Harry Linton arrivèrent au camp français. Le corsaire se fit immédiatement reconnaître et demanda à être conduit auprès de M. de Rochambeau.

On s'empressa de faire droit à sa demande.

Presque tous les officiers connaissaient le hardi marin et professaient pour lui un véritable enthousiasme.

Pendant un quart d'heure environ, Trémor resta sous la hutte qui servait de quartier général au lieutenant de Lafayette. Quand il en sortit, il était si pâle et ses yeux lançaient de tels éclairs, que l'Indien et le brigadier anglais, qui l'attendaient à la porte, reculèrent épouvantés.

« Qu'y a-t-il, mon père? dit en balbutiant le jeune chef.

— Il y a, reprit Trémor avec un éclat de rire effrayant, il y a que Louis-René de Lancieux, porteur de la dépêche à Washington, est parti il y a une heure du camp, et que dix minutes après M. de Mornas, qui venait d'y arriver, repartait à son tour.

— Que mon père soit robuste contre le malheur, supplia l'Indien.

— Ne crains rien, mon fils, la douleur et moi sommes de vieilles connaissances. Il me reste ici quatre chevaux frais, va les prendre et amène-les sans perdre une minute. Tu sais qu'un instant coûte peut-être la vie d'un homme. »

L'Indien s'éloigna aussitôt.

« Quant à vous, Monsieur, dit le corsaire en se tournant vers sir Harry, qui écoutait sans comprendre; quant à vous, j'ai votre parole.

Le général Rochambeau est prévenu. Si après-demain au coucher du soleil je n'ai pas reparu, vous serez libre. »

Natah-Dah revenait avec quatre chevaux sellés à la façon indienne.

Trémor s'élança sur le premier cheval qu'on lui présentait, l'Indien l'imita, et tous deux partirent d'un galop furieux, chassant devant eux les deux autres chevaux laissés libres.

Aux barrières on voulut les arrêter ; ils franchirent les palissades et se perdirent bientôt dans la nuit, salués des coups de fusil des sentinelles.

---

# VI

LE CAMPEMENT. — LE GUET-APENS. — COMBAT MORTEL. — LE PÈRE ET LE FILS
LE VOYAGE DE M. DE KERANIGOU

# VI

LE CAMPEMENT. — LE GUET-APENS. — COMBAT MORTEL. — LE PÈRE ET LE FILS
LE VOYAGE DE M. DE KERANIGOU

Il faisait nuit, mais une de ces belles nuits américaines, pleines d'âcres senteurs et de mystérieux murmures, avec un ciel d'un bleu profond, clouté d'un nombre infini d'étoiles éblouissantes ; la lune répandait à profusion ses rayons d'argent sur le paysage, et sa clarté trompeuse donnait aux objets une apparence fantastique.

Tout semblait dormir dans la prairie, le vent même n'agitait que faiblement la cime des grands arbres ; les bêtes fauves, après avoir été boire au fleuve, avaient regagné leurs repaires ignorés.

Dans cette paix, dans ce silence, trois cavaliers lancés à toute bride passaient comme des ombres.

Parfois l'un d'eux relevait la tête comme pour consulter le ciel ; puis, après une seconde d'arrêt, il reprenait sa course rapide.

Trois heures s'écoulèrent ainsi sans que les cavaliers songeassent à s'arrêter. Mais, comme on arrivait sur les bords d'un ruisseau assez large, l'un des trois hommes arrêta brusquement son cheval en disant en mauvais français et d'une voix gutturale :

« Si mon frère le veut bien, nous camperons ici.

— Ne pouvons-nous pas pousser plus loin, chef? dit la voix de Louis-René, qui avait imité son guide.

— Les eaux des pluies ont grossi le ruisseau, mon frère ne pourra passer qu'au jour.

— Eh bien, campons ici, dit insoucieusement le jeune homme. Qu'en dis-tu, Alain?

— Je dis, monsieur le comte, que le Loup-Rouge a raison, d'abord à cause du torrent, ensuite à cause de nos chevaux, qui seront fourbus certainement si nous fournissons encore une heure une course pareille.

— Puisque tout le monde est d'accord, dit gaiement Louis-René en mettant pied à terre, occupons-nous de notre bivouac. »

L'Indien, prenant les trois chevaux par la bride, les attacha au pied d'un arbre, mit à leur portée une provision d'herbes et de pois grimpants ; puis, certain que ces braves animaux ne manqueraient de rien pendant la nuit, il fit ses préparatifs de campement.

D'abord, avec son coutelas, il abattit dans un assez grand espace autour de l'endroit où il se trouvait les petits arbres et les plantes qui encombraient la place qu'il avait choisie. Ensuite il prépara avec beaucoup de soin un feu de bois sec, afin de combattre la fraîcheur de la nuit et d'éloigner les bêtes fauves qui pourraient avoir la fantaisie de rendre visite aux voyageurs.

« Mon frère peut se reposer, dit alors l'Indien; le Loup-Rouge veillera.

— Ma foi, chef, ce n'est pas de refus, je meurs de sommeil. »

Et Lancieux, s'enveloppant dans son manteau, s'étendit sur le sol, la tête appuyée à sa selle.

« Je souhaite une bonne nuit à monsieur le comte, » dit cérémonieusement le vieux piqueur.

Louis-René éclata de rire, le nez sous son manteau.

« Mon pauvre Alain, tu te crois donc toujours à Lancieux! Bonsoir, bonsoir. »

Trévelec se coucha à son tour aux pieds de son maître.

Lorsque le feu dressa sa joyeuse colonne de flammes dans les airs, l'Indien sortit de son bissac de peau d'élan un peu de blé grillé et de viande sèche, qu'il mangea de bon appétit, tout en lançant parfois des regards interrogateurs dans les ténèbres qui l'enveloppaient et s'arrêtant pour prêter attentivement l'oreille à ces bruits vagues qui, sans cause apparente, troublent le silence imposant du désert.

Dès que son maigre repas fut terminé, le Loup-Rouge bourra sa pipe avec du tabac lavé suivant la coutume indienne, l'alluma et commença à fumer.

Malgré ce calme apparent, le Peau-Rouge n'était pas tranquille; parfois il retirait de ses lèvres le tuyau du calumet, levait les yeux, et par une éclaircie du dôme de feuillage qui régnait au-dessus de sa tête, il interrogeait anxieusement le ciel.

Enfin, après avoir longtemps hésité, il se décida tout à coup, et, approchant les doigts de sa bouche, il imita à trois reprises différentes et avec une véritable perfection le cri de la hulotte bleue, l'oiseau privilégié qui chante la nuit.

Il pencha son corps en avant et prêta l'oreille.

Rien ne lui prouva que son signal eût été entendu.

« Attendons, » dit-il à voix basse.

Il se leva, jeta un brassée de bois sec sur le feu, reprit sa position accroupie et continua de fumer tranquillement.

Quoi qu'il eût dit, Louis-René ne pouvait trouver le sommeil. Une sorte d'engourdissement produit par la fatigue physique paralysait ses membres; mais l'intelligence restait en éveil, et malgré ses yeux clos, il ne dormait pas.

Dans cette sorte de torpeur, qui n'était pas sans charme, le jeune homme repassait dans une vision d'une netteté singulière les derniers événements qui avaient troublé sa vie jusqu'alors si calme.

C'était l'entrevue mystérieuse du Guildo, le combat à bord de la frégate anglaise, la traversée, l'entrevue avec Lafayette, les engagements avec les Anglais, sa rencontre avec la Nuée-Blanche, et enfin la mission que venait de lui confier Rochambeau. Mais au milieu de tous ces tableaux divers une silhouette reparaissait toujours, attirante : c'était Trémor aux mains rouges, qui lui souriait sur le pont du brick, qui avait des larmes dans les yeux lors de l'entrevue de la forêt...

Combien de temps se passa ainsi ? Enfin la lune disparut de l'horizon, le froid se fit plus vif, et le ciel, dans la profondeur duquel les étoiles s'éteignaient une à une, s'irisa lentement de reflets d'opale teintés de rose.

L'Indien, qui depuis quelque temps avait paru s'assoupir, se redressa tout à coup, se secoua comme un homme qui se réveille, jeta un long regard autour de lui, et murmura d'une voix sourde :

« Il y a déjà longtemps qu'ils devraient être ici ! »

Et il recommença le signal que quelques heures auparavant il avait fait. Rien encore n'y répondit.

Il reprit sa place auprès du feu, qui ne jetait plus que de pâles lueurs, et attendit.

Tout en suivant son rêve, comme malgré lui, Louis-René, à travers ses paupières presque fermées, avait laissé ses regards fixés sur l'Indien; il l'avait vu manger, fumer, activer le feu, et durant les heures où il s'était endormi, il ne l'avait pas quitté des yeux. Il y avait dans cette insistance du regard comme une sorte d'hypnotisme, explicable peut-être par la flamme brillante du foyer.

Le jour allait paraître, et Louis-René allait enfin céder au sommeil quand le rauque aboiement du chien des prairies, qui s'éleva tout près de lui, le fit subitement tressaillir.

Il resta couché, mais à travers la frange épaisse de ses cils il suivit avec un redoublement d'attention tous les mouvements de l'Indien.

Celui-ci, en entendant l'aboiement, qui devait être un signal, s'était dressé tout à coup, et tirant la hache qu'il portait à sa ceinture, il l'assura à son poignet au moyen d'une fine lanière de cuir.

Dans le jour levant, on pouvait bien le voir. C'était un homme d'environ quarante ans. Sa taille était haute, bien prise et admirablement proportionnée ; ses muscles, saillants et durs comme des cordes, dénotaient une vigueur peu commune. Il avait une tête intelligente, ses traits respiraient la finesse, ses yeux toujours voilés ne se fixaient que rarement et donnaient à son regard une expression d'astuce et de cruauté brutale qui inspirait pour ce personnage une répulsion invincible quand on se donnait la peine de l'étudier avec soin.

Le Loup-Rouge regarda longuement le jeune homme, qui paraissait dormir profondément, jeta un regard vers Alain, qui ronflait sans scrupule, et enfin fit les trois pas qui le séparaient de Lancieux ; alors il leva son arme.

Maintenant Louis-René était tout à fait éveillé. Avec un incroyable sang-froid il recommanda à son cœur de ne pas battre, à ses nerfs d'être calmes, et avec des précautions infinies prit à la main le pistolet tout armé qu'il avait mis auprès de lui. Au moment où le Loup-Rouge se préparait à frapper, Lancieux lui lâcha à bout portant son pistolet dans le ventre. L'Indien jeta un grand cri et tomba à la renverse.

Mais Louis-René était déjà debout, et son épée dans la main droite, son second pistolet dans la main gauche, il était prêt contre les nouveaux adversaires qui ne pouvaient manquer de paraître bientôt.

Au bruit de la détonation, Alain s'était réveillé en sursaut. D'un bond il fut auprès de son maître.

« Qu'y a-t-il, Monsieur ? demanda le piqueur.

— Regarde, dit laconiquement Louis-René en désignant le cadavre de l'Indien.

— Le Loup-Rouge ! s'écria Trévelec.

— Oui, le Loup-Rouge, que j'ai tué au moment où il allait m'assassiner. »

Alain ouvrait la bouche pour demander quelques explications, quand une clameur sauvage, qui s'élevait tout près d'eux, lui coupa la parole.

Un bruissement de feuilles assez fort se fit entendre dans les halliers en face de l'endroit où se tenaient les deux hommes ; les roseaux et les lianes, repoussés par des mains vigoureuses, s'écartèrent à droite et à gauche, et dans l'espace laissé libre sous cette pression, vingt Peaux-Rouges, hurlant comme des démons, apparurent tout à coup.

Louis-René avait déchargé son pistolet au milieu de cette masse grouillante, et, se baissant rapidement, avait saisi la carabine du Loup-Rouge.

Le choc des Indiens fut terrible.

Pendant quelques instants il y eut une mêlée épouvantable, puis les Indiens reculèrent pour reprendre haleine.

Trois cadavres gisaient aux pids des deux Français, immobiles et fermes comme deux rocs.

Louis-René, les yeux étincelants, les narines ouvertes, était transfiguré.

« Vive Dieu ! s'écriait-il en essuyant d'un revers de main la sueur mêlée de sang qui coulait en larges gouttes de son front. Vive Dieu ! le beau combat !

— Oui, dit tranquillement Alain; mais il est mortel, monsieur le comte.

— Qu'importe, si nous mourons bien!

— Vous oubliez la dépêche que vous portez. »

Louis-René ne répondit pas, mais il devint d'une pâleur effrayante.

« Ho! les enfants du sang! cria tout à coup une voix railleuse, deux visages pâles vous font reculer? »

En même temps M. de Mornas apparaissait, suivi de Chapitel.

« Vous, Monsieur, vous ici! cria Lancieux hors de lui.

— Ah! ah! mon beau jeune homme, vous ne vous attendiez pas à la rencontre?

— Si vous êtes gentilhomme, mettez-vous en face de moi. Vous avez votre épée, j'ai la mienne : Dieu jugera.

— Pauvre insensé! crois-tu que je vais m'en remettre aux chances d'un combat singulier? Tu m'as vu, c'est te dire assez que tu dois mourir. En avant! vous autres, et qu'on finisse vite!

— Si le Ciel permet que je vive, démon, hurla Louis-René au paroxysme de la fureur, je jure Dieu que c'est ma main qui te frappera! »

Les Indiens, avec des cris horribles, s'étaient jetés de nouveau sur nos amis. Le combat s'engagea, atroce et furieux. Les deux hommes faisaient des prodiges; mais leurs bras se lassaient, et leur sang coulait par de nombreuses blessures.

Enfin Alain poussa un profond soupir et tomba assommé en disant :

« Jésus, mon Dieu! »

Alors Lancieux, voyant tomber son vieil ami, poussa un cri terrible, et, bondissant comme un tigre, il se rua en désespéré sur les Peaux-Rouges, qui reculèrent. La crosse de sa carabine s'était rompue sur les crânes, mais il continuait à frapper du canon, effrayant de force et de courage.

« Allons, il faut en finir ! » gronda sourdement M. de Mornas en tirant un pistolet de sa ceinture.

Longuement, soigneusement, il visa le jeune homme, pressa la détente, et Louis-René s'abattit foudroyé.

Alors, comme une bête de proie, il se jeta sur ce corps palpitant, ouvrit l'habit et arracha plutôt qu'il ne prit la dépêche de Rochambeau.

« Enfin! dit-il à Chapitel.

— Voilà un petit papier qui vaut un million! dit l'aimable bandit avec un affreux sourire.

— Mais il respire encore, reprit M. de Mornas, qui s'était penché sur Louis-René. Attends, mon garçon, nous allons finir la besogne. »

Et le hideux personnage apprêtait déjà son pistolet.

Soudain un cri effrayant, une clameur de bête à l'agonie, un hurlement qui n'avait rien d'humain, traversa la prairie et fit frissonner tous ceux qui l'entendirent.

Et on vit un spectacle fantastique.

Debout sur leurs étriers, emportés par un galop de folie, deux hommes, ensanglantant encore des éperons les flancs déjà rouges de leurs chevaux, arrivaient comme un tourbillon, piquant droit devant eux, franchissant tous les obstacles.

« Trémor ! » murmura Mornas, qui devint blême.

Devant l'imminence du danger, le baron retrouva bientôt son sang-froid.

« Il faut que cet homme meure, tu m'entends! dit-il à Chapitel d'une voix frémissante. Moi, je pars, tu sais où. Je n'ai pas une minute à perdre. »

Et sautant sur le premier cheval venu, M. de Mornas se jeta dans le ruisseau, qu'il eut bientôt fait de traverser.

Presque au même moment, le corsaire et Natah-Dah tombaient sur les Indiens, qui les reçurent avec de longs cris de joie, croyant à une facile victoire. Mais Trémor venait d'apercevoir le corps ensanglanté de Louis-René.

Poussant un rugissement de lion blessé, il sauta à bas de son cheval et se rua sur les Indiens. Au premier coup qu'il porta sa hache lui échappa. Alors, dédaignant de chercher une autre arme, il se jeta au milieu des Peaux-Rouges avec une impétuosité irrésistible. De ses mains puissantes il étranglait, de ses poings de fer il assommait sans pitié. Un moment il fut acculé à un arbre, pressé par dix hommes hurlant la mort. Alors il ramassa un cadavre et s'en servit comme d'une massue. Les Indiens plièrent devant l'intrépide marin, qui ne semblait plus un homme. De sa poitrine sortait un râle sourd; un sourire sinistre relevait ses lèvres, montrant ses dents aiguës, où passait une mousse sanglante, et il frappait, frappait toujours.

De son côté, Natah-Dah combattait vaillamment et jetait son cri de guerre à chaque ennemi qui tombait.

Bientôt, autour des deux hommes, il n'y eut plus que des morts.

Trémor était tombé à genoux auprès de Louis-René. Avec de maternelles délicatesses, il avait soulevé la tête blonde du jeune homme, et de grosses larmes coulaient des yeux du corsaire.

« Est-ce que le fils de mon père vit toujours? demanda doucement l'Indien.

— Son cœur bat encore, répondit le père de Louis-René; s'il ne battait plus, je serais mort déjà.

— Mon père veut-il me permettre de visiter les blessures de mon frère?

— Mais oui, mon enfant; non seulement je t'y autorise, mais je te le demande. »

Ce fut au tour de Natah-Dah de s'agenouiller. Il examina minutieusement les blessures qu'avait reçues le pauvre Louis-René.

Quand il se releva, une expression joyeuse se peignit sur sa physionomie.

« Le Grand-Esprit veut que mon frère vive, dit-il solennellement. Que mon père regarde. Là, là et là, le jeune chef désignait la tête, le bras et la cuisse, ce ne sont que des égratignures. C'est sa blessure de l'épaule qui l'a fait tomber ; la douleur a dû être horrible, et la perte de sang a été grande. »

Tout en parlant, l'Indien avait tiré d'un sac de peau de daim divers instruments en os de forme bizarre, et avec l'un d'eux il sondait la blessure.

Sous la douleur nouvelle, Louis-René rouvrit les yeux ; il reconnut Natah-Dah et Trémor, sourit, et s'évanouit de nouveau.

« Il m'a regardé ! s'écria Trémor avec une explosion de joie touchante, il m'a regardé, Natah-Dah ! Il vivra, j'en suis sûr !

— Que mon père le soutienne un peu, dit l'Indien, pendant que la Nuée-Blanche ira chercher les herbes qui guérissent. »

Trémor reprit le jeune homme dans ses bras et le contempla avec une infinie tendresse. Ses yeux ne pouvaient se détacher de ce charmant visage, que la souffrance avait pâli. Lentement, doucement, comme attirée par un invincible aimant, la tête de Trémor s'abaissait vers celle du jeune homme. Enfin ses lèvres vinrent se coller au front de Louis-René, et il resta longtemps ainsi, les épaules secouées de sanglots. Dans ce long baiser, le corsaire mettait toute sa tendresse, tout son amour refoulé depuis vingt ans et qui pouvait enfin déborder. Il y avait une incomparable grandeur dans cette première caresse donnée par le père au fils au milieu du grand silence de la prairie : nul ne les voyait que Dieu.

Quand Natah-Dah revint sur le champ de bataille, il s'arrêta tout surpris en remarquant sur les traits du corsaire quelque chose qu'il n'y avait jamais vu. C'était une expression de douceur heureuse, c'était un

Il ramassa un cadavre et s'en servit comme d'une massue.

attendrissement qui changeait si bien le visage froid et énergique du marin, qu'il était presque méconnaissable.

« Le cœur de mon père est joyeux, dit l'Indien.

— Oui, mon enfant, bien joyeux, répondit Trémor, car aujourd'hui j'ai embrassé mon fils. »

L'Indien, avec la finesse de sa race, comprit qu'il n'y avait pas un mot à dire pour saluer cette immense joie. Il s'inclina silencieusement et se mit en devoir de panser les blessures de Louis-René.

Trémor avait maintenant repris tout son sang-froid; il parcourait le champ de bataille, remuant les cadavres, cherchant quelqu'un.

Soudain il recula, comme s'il avait aperçu un serpent. Devant lui, Chapitel, le crâne ouvert par la terrible hache de Natah-Dah, respirait encore faiblement.

Il le souleva, malgré sa répugnance.

Chapitel ouvrit les yeux.

« Trémor! dit-il à voix basse.

— Non, ce n'est pas Trémor qui te parle, dit le corsaire, c'est le comte Jacques de Lancieux, comprends-tu, misérable! »

Chapitel était blanc comme un suaire, il devint plus livide encore.

« Puisque tu vas mourir, continua le corsaire, il faut que tu connaisses la justice de Dieu. Celui que ton maître et toi avez lâchement vendu à la redoute Saint-Jean, celui-là est vivant, et celui-là te parle. Vous m'avez cru mort, le Ciel a permis que je vive...

— A boire, donnez-moi à boire! » balbutia le blessé.

Trémor se releva, alla au ruisseau, où il remplit d'eau sa gourde, et revint vers Chapitel.

« Tu vas me dire maintenant où est ton maître, reprit le corsaire.

— Il est parti.

— Quand cela?

— Au moment où vous arriviez avec l'Indien.

— Il a pris la dépêche que portait le jeune homme?

— Oui.

— Où va-t-il?

— A boire! à boire! » gémit le bandit avec un cri d'agonie.

Trémor lui tendit la gourde, que Chapitel saisit avidement.

Quand il eut bu :

« Dis-moi où va Mornas, insista le marin.

— Au camp de Washington, murmura Chapitel, qui retomba évanoui.

— Allons, dit tout haut Trémor, j'ai bien fait de prendre le double de la dépêche. Cette fois, Dieu me le livre : il est bien perdu. »

Et, abandonnant le moribond, le corsaire allait se rapprocher de Lancieux et de Natah-Dah, quand il se ravisa tout à coup.

Il se pencha de nouveau sur le blessé, et, tirant un petit flacon de sa ceinture, il lui fit avaler quelques gouttes de la liqueur qu'il contenait.

L'effet produit fut immédiat.

Chapitel regarda le marin avec des yeux effarés.

« Tu m'écoutes et tu comprends ce que je te dis? » demanda le marin.

Chapitel inclina la tête.

« Je vais te proposer un marché : Si je te laisse ici, sans secours, abandonné de tous, blessé comme tu l'es, tu seras cette nuit même dévoré par les loups. »

Une horrible expression d'angoisse se répandit sur les traits convulsés du misérable.

« Donc ta vie est entre mes mains, poursuivit le corsaire; mais, si tu veux m'écrire deux lignes de ta main, je te promets de tout faire pour te sauver.

— J'écrirai ce que vous voudrez, balbutia Chapitel d'une voix sourde.

— Bien, écris ce que je vais te dicter. »

Trémor lui mettait dans les mains un crayon et une feuille de papier.

« Monsieur, dicta Trémor, Trémor et l'Indien ont été tués, le jeune homme est mort. Vous pouvez agir. »

« Est-ce fait? continua-t-il en regardant les caractères tremblants que s'efforçait de tracer le serviteur de confiance de M. de Mornas.

— C'est fait.

— Signe. »

Chapitel signa.

« Maintenant tu as ma promesse :

Presque au même instant un cavalier apparut.

tu ne seras pas abandonné, bien que tu mérites cent fois la mort. »

Épuisé par l'effort prodigieux qu'il avait fait, Chapitel retomba sur le sol.

Alors le corsaire revint vers nos deux amis.

Louis-René avait repris connaissance. Natah-Dah avait pansé ses blessures très adroitement. Son bras blessé était soutenu par une écharpe de lianes flexibles.

Il tendit la main gauche au corsaire.

« Vous m'avez encore une fois sauvé la vie, Monsieur, dit-il; quand donc pourrai-je vous rendre tout ce que je vous dois? »

Trémor allait répondre, quand Natah-Dah, qui depuis quelques instants avait collé son oreille contre le sol, se releva en disant :

« Il y a un cavalier qui vient vers nous. »

Du regard le corsaire parcourut la prairie.

Presque au même instant un cavalier apparut.

Natah-Dah avait armé sa carabine.

« Ne tirez pas! s'écria vivement Lancieux, qui s'était soulevé, ne tirez pas! C'est un ami, c'est mon oncle, le chevalier de Keranigou! »

C'était, en effet, le chevalier. Mais dans quel état, grand Dieu!

Il n'avait plus ni chapeau ni perruque, et ses habits étaient en lambeaux.

« Tuez-moi, cria-t-il dès qu'il eut remarqué les dispositions hostiles de l'Indien, tuez-moi, j'aime mieux en finir!... »

Et, arrivant au milieu de nos amis, il se laissa tomber à bas de son cheval, qui paraissait épuisé.

Mais il se releva avec une incroyable agilité.

« Comment! te voilà! s'écria-t-il en apercevant son neveu, et blessé par-dessus le marché! tu vas m'expliquer tout cela... Tiens, dit-il en regardant les morts, on s'est battu ici. »

L'Indien et Trémor ne purent s'empêcher de sourire.

En quelques mots Lancieux mit le chevalier au courant de ce qui s'était passé. M. de Keranigou se confondit en témoignages de gratitude auprès des sauveurs de son neveu.

« Et maintenant, dit Louis-René en terminant, à votre tour, mon oncle, de nous expliquer comment vous vous trouvez ici.

— Oh! c'est bien simple, répondit le chevalier en tâtant son crâne pour voir si par miracle sa perruque n'était pas revenue à sa place habituelle, c'est bien simple. Au moment où je sortais de ma tente pour te demander si les supports des Kainlis étaient des aigles ou des licornes, — car, Messieurs, dit-il en se tournant vers le corsaire et l'Indien, je dois vous avouer que j'occupe mes loisirs dans ce malheureux pays en terminant un grand ouvrage sur le blason de Bretagne, — je t'aperçus qui montais à cheval. Je me rappelais bien que dans l'après-midi tu m'avais parlé de je ne sais quelle mission qu'on t'avait confiée, mais tout cela était très vague dans mon esprit. Je t'appelai, tu ne répondis pas; je pris alors le premier cheval venu, et je courus après toi. Malheureusement tu allais comme le vent, la nuit était venue, et je te perdis de vue très promptement. Quand je voulus revenir au camp, je m'aperçus que j'étais complètement égaré. Je ne te parlerai pas des heures que j'ai passées dans cette maudite forêt, j'en garde les plus cuisants souvenirs. Enfin, désespéré, j'allais renoncer à me sauver de ce labyrinthe, quand je vous ai rencontrés.

— A présent que tout est expliqué, mon cher Trémor, dit Lancieux en se tournant vers le corsaire, je vais vous demander un dernier service.

— A vos ordres, Monsieur.

— Vous aurez l'extrême obligeance de me retrouver un cheval, de m'aider à monter dessus et de m'indiquer la route à suivre pour arriver le plus promptement possible au camp américain.

— Qu'est-ce que tu as donc à faire par là? interrogea M. de Keranigou.

— J'ai toujours ma dépêche à porter à M. Washington.

— Malheureusement, interrompit Trémor, malheureusement, cette dépêche, vous ne l'avez plus. »

Une pâleur mortelle envahit le visage du jeune homme.

De sa main restée libre il fouilla dans la poche de son habit. Il laissa retomber son bras avec un geste de désespoir.

« Déshonoré! je suis déshonoré! sanglota-t-il, tandis que des larmes s'échappaient de ses yeux.

— Rien n'est perdu, mon enfant, dit vivement le corsaire; M. de Rochambeau m'a donné un double de cette dépêche qui vous alarme si fort, et c'est moi qui la porterai.

— Ah! Monsieur, s'écria Louis-René, vous êtes donc mon bon génie. Sans vous j'étais perdu d'honneur. Mais j'y pense, continua-t-il, qui donc a pu me ravir ce précieux papier?

— M. de Mornas.

— Oh! l'infâme! Quand pourrai-je le confondre, ce félon, ce traître gentilhomme!

— Bientôt, » dit laconiquement Trémor.

Puis il reprit :

« Voulez-vous me permettre de m'entendre avec Natah-Dah? les instants sont précieux.

— Faites, Monsieur. Tout ce que vous ferez sera bien fait.

— Ecoute-moi bien, mon enfant, dit le corsaire en s'adressant à Natah-Dah. Nous touchons au but, il ne faut pas qu'une imprudence nous fasse perdre le fruit de nos longs efforts. Tu vas d'abord soigner cet homme, » et il désignait Chapitel.

L'Indien fit un geste de révolte.

« Il le faut, j'ai promis. »

L'Indien courba la tête.

« Tu le panseras, tu le mettras sur un cheval, tu lui donneras un fusil et des munitions, et tu le guideras jusqu'à l'établissement de Rio-Creek, qui se trouve à trois lieues d'ici en descendant la rivière.

— Natah-Dah obéira, dit le jeune chef.

— Quand il sera en sûreté, tu reviendras ici prendre mon fils et son oncle, et tu les conduiras où tu sais que tu dois me retrouver.

— Les paroles de mon père sont des ordres.

— Adieu, je compte sur ton amitié. »

Trémor fit entendre alors un coup de sifflet strident, et presque aussitôt son cheval fut auprès de lui.

D'un bond il se mit en selle.

« Adieu, Messieurs, dit-il; Natah-Dah a toutes mes instructions, c'est lui qui vous guidera.

— Quand nous reverrons-nous, Monsieur? demanda Louis-René, dont l'émotion faisait trembler la voix.

— Demain, » répondit le corsaire.

Et il partit au galop.

« Mon frère va m'attendre ici une couple d'heures, dit l'Indien, et demain mon frère sera heureux.

— Eh! oui, je sens bien, quelque chose me dit qu'un grand bonheur approche, répondit Louis-René; mais je suis triste malgré tout, car mon vieux serviteur est mort.

— Mais c'est vrai, dit M. de Keranigou, ce pauvre Alain était avec toi quand tu es parti du camp.

— Les sauvages l'ont tué, dit douloureusement le jeune homme.

— Pas tout à fait, monsieur le comte, » rectifia une voix joyeuse.

Et au profond étonnement de tous, on aperçut la tête du vieux piqueur qui sortait d'un tas de cadavres.

Natah-Dah l'eut bientôt débarrassé de ses funèbres voisins.

« Mon cher Alain! mon vieil ami! répétait le jeune homme en l'embrassant.

— Par ma foi, monsieur le comte, reprit le brave homme, tout autre que moi y fût resté. Le brigand avait tapé dur, mais j'en ai été quitte pour un étourdissement. Voilà ce que c'est que d'être Breton. »

Cependant l'Indien s'occupait de Chapitel. Il le mit sur un cheval quand il fut pansé, lui donna une carabine et s'éloigna en le soutenant.

Deux heures après il était de retour.

Tout était prêt pour le départ.

« Louis-René? interrogea timidement M. de Keranigou.

— Mon oncle? demanda le jeune homme.

— Est-ce des aigles ou des licornes?

— Des aigles, mon oncle, des aigles, j'en suis sûr, répondit Lancieux riant de bon cœur, malgré ses souffrances.

— Allons, murmura le chevalier en se frottant les mains, je n'ai pas perdu mon voyage. »

Et la petite troupe se mit en marche.

---

# ÉPILOGUE

# ÉPILOGUE

M. de Mornas avait retrouvé l'armée anglaise sans aventure fâcheuse, et lord Cornwallis, prévenu par Édouard Carter, lui avait remis toutes les instructions qui devaient amener la perte de l'armée alliée. Il resta toute la journée chez les Anglais et fabriqua avec un soin minutieux la fausse dépêche qu'il devait remettre à Washington. Mais le digne gentilhomme était inquiet ; il n'avait pas de nouvelles de son intendant. Pourtant, vers le soir, un Indien qui l'avait demandé fut introduit près de lui, prétextant un message.

Quand il eut lu la lettre de Chapitel, écrite dans les circonstances que nous connaissons, la joie du baron ne connut plus de bornes, et ce fut le cœur léger qu'il se dirigea vers le camp américain, après avoir fait un long détour.

Washington le reçut fort bien et le remercia de sa diligence.

Désormais M. de Mornas pouvait être tranquille, ses ennemis étaient morts, et sa fortune assurée.

Il s'endormit sous la tente qu'on lui avait destinée avec le calme d'une bonne conscience, et il fit des rêves charmants. Il était devenu tout en or, il habitait un château en or, et toute la journée il secouait des arbres dont les feuilles étaient des louis, des souverains, des doublons, qui tombaient en pluie éblouissante autour de lui. Il rêva aussi que l'infortuné Chapitel mourait d'accident, ce qui supprimait du même coup un témoin gênant et un créancier désagréable.

Ce qui prouve une fois de plus qu'il n'y a pas besoin d'avoir un cœur pur pour jouir d'un bon sommeil.

Le lendemain matin, vers midi, M. de Mornas monta à cheval et, à petits pas, s'éloigna de la tente où il avait passé la nuit en faisant des rêves d'or. Au moment où il arrivait à la hauteur du quartier général, il aperçut avec étonnement Georges Washington à cheval et entouré d'un nombreux état-major.

« Où donc allez-vous, Monsieur? lui demanda le général américain.

— Je vais faire une petite promenade, répondit M. de Mornas en saluant gracieusement.

— Personne ne sort du camp, répondit Washington d'une voix dure; l'ordre est formel. »

A ce moment le baron, qui avait jeté les yeux sur la plaine, remarqua avec un profond étonnement qu'elle était couverte de troupes qui s'avançaient en bon ordre.

« Pour l'instant, nous avons quelques explications à vous demander, continua le général; veuillez donc vous avancer, Monsieur. »

Mornas, troublé, fit quelques pas et se trouva devant tout l'état-major, sombre et muet.

« Connaissez-vous ce jeune homme? » poursuivit Washington.

Les rangs des officiers venaient de s'ouvrir, et Louis-René, très pâle, mais l'œil étincelant, était devant le traître.

M. de Mornas devint blême, mais ne répondit pas.

« Je vais répondre pour vous, reprit le général après un silence tragique. Ce jeune homme était l'aide de camp de M. de Rochambeau, vous avez voulu l'assassiner pour vous emparer des dépêches dont il était porteur.

— Mais c'est faux! s'écria Mornas, payant d'audace.

— J'affirme sur l'honneur que c'est la vérité, dit lentement Louis-René.

— Et moi je déclare sur ma parole de soldat que cet homme est un espion à la solde de mon gouvernement, » dit à son tour sir Harry Linton, qui venait de sortir des rangs.

Mornas se sentait perdu. Il tenta pourtant un dernier effort.

« Je m'étonne, général, dit-il d'une voix saccadée, que la parole d'un Anglais ait ici plus de poids que la mienne.

— Et à moi, dit tout à coup une voix terrible, me diras-tu que tu n'es pas un traître? »

Le misérable s'affaissa sur sa selle. Il était livide, des plaques rouges marbraient ses joues, ses mains étaient agitées d'un tremblement nerveux.

Devant lui, implacable, terrible comme la justice de l'Ange, se dressait Trémor, revêtu de son uniforme de colonel de Royal-Marine.

« Le comte de Lancieux! hurla le bandit, les morts sortent donc de la tombe! »

Un cri de joie délirante lui répondit.

Louis-René était dans les bras de son père.

« Ah! comme je t'aime! comme je t'aimerai! lui disait-il en le couvrant de caresses.

— Messieurs, dit alors Washington d'une voix brève, vous avez entendu, vous allez juger... L'homme qui est devant vous m'a remis hier au soir une dépêche entièrement fabriquée par lui et dictée par lord Cornwallis, pour nous mener sûrement à notre perte. En échange, il avait livré au général anglais la dépêche de M. de Rochambeau que portait M. de Lancieux. Il s'en était emparé au moyen d'un odieux guet-apens. Heureusement des amis veillaient, qui ont pu mettre à néant toutes ses machinations. Messieurs, cet homme est un traître : quelle peine a-t-il méritée ?

— La mort ! la mort ! » dirent d'une seule voix tous les officiers.

M. de Mornas se tordait les mains, roulant des yeux égarés sur tous ceux qui l'entouraient.

« Puisque vous accomplissez un acte de justice, Messieurs, dit alors sir Harry Linton, il faut que je parle encore. Pendant vingt ans, un homme a été odieusement calomnié ; pendant vingt ans, un homme a porté l'opprobre d'une faute qu'il n'avait pas commise. »

Trémor ne parlait pas ; les yeux levés au ciel, dans une expression de gratitude infinie, il tenait Louis-René pressé contre son cœur.

« Je remercie la Providence, continua le général anglais, qui me permet enfin de réparer cette injustice.

« Il y a vingt ans, au moment où le marquis de Montcalm luttait en désespéré pour sauver Québec, il confia la redoute Saint-Jean à la garde d'un homme dont il était sûr. Cet homme, c'était le comte Jacques-René de Lancieux, que vous voyez devant vous. M. de Lancieux, pour son malheur, avait comme lieutenant cet homme que vous appelez Mornas, et qui portait alors un autre nom. Mornas traita avec nous pour une somme de cent mille livres. Je fus chargé des négociations. Mornas introduisit dans la redoute un grand nombre d'Indiens qui nous étaient dévoués, et au moment de l'attaque il se jeta sur les Français avec tout son monde et en fit un affreux massacre. Seul, avec un brave chef, l'Ours-Gris, et un enfant d'une dizaine d'années, M. de Lancieux tenta une résistance impossible. Mornas l'abattit par derrière d'un coup de pistolet, et d'un autre fracassa la tête du vieux chef. Puis il revint seul parmi les Français, simulant une blessure et

Devant lui, implacable, se dressait Trémor.

déclarant que M. de Lancieux avait vendu la redoute aux Anglais. Personne ne pouvant démentir le traître, on accepta tout ce qu'il lui plut de raconter, et M. de Lancieux fut déshonoré.

« Le comte Jacques n'était pas mort. Recueilli par des Indiens, il resta pendant de longs mois croyant que chaque jour qui venait allait marquer sa fin. Il guérit pourtant, mais pendant plus de trois années il resta privé de raison. Un jour son intelligence revint. Il voulut poursuivre son meurtrier. Il passa en France, malgré toutes ses recherches il ne put le découvrir. C'est alors que, désespéré, il prit un faux nom, arma un vaisseau et commença ces courses qui le rendirent l'effroi des marins de mon pays. Il y a quelques mois, un hasard le fit retrouver Mornas à Saint-Malo. Il ne le quitta plus, vous savez le reste. »

Quand l'Anglais eut fini, toutes les mains se tendirent vers M. de Lancieux.

Un petit homme faisait des efforts incroyables pour percer le groupe compact qui s'était formé autour du comte ; avec beaucoup de mal il y parvint et se jeta au cou de Trémor en répétant :

« Mon frère, mon bon frère ! »

C'était M. de Keranigou, qui manifestait ainsi sa présence.

Quand il eut bien embrassé M. de Lancieux, il dit en français à un brave officier américain qui ne comprit pas un mot :

« Moi, je n'ai jamais douté de lui un instant, vous m'entendez ! C'est une noble race que Lancieux ! »

Et comme son interlocuteur ne lui répondait pas, il continua fièrement :

« Lancieux porte de gueules et d'argent fascé de huit pièces, Monsieur ! »

L'autre resta silencieux.

« Avec un aigle éployé pour cimier, Monsieur ! »

Devant le mutisme obstiné de l'Américain, M. de Keranigou haussa les épaules et alla plus loin.

Le joyeux tumulte qui avait suivi la déclaration de sir Harry Linton s'éteignit subitement, quand Washington dit de sa voix claire :

« Vous avez jugé, Messieurs, il faut punir. Cet homme, continua-t-il en désignant M. de Mornas, cet homme va être pendu. »

Un rugissement s'échappa de la poitrine du baron. Il fit deux pas en avant, comme pour tenter une impossible fuite, puis resta immobile, appelant tout son courage pour faire encore bonne contenance.

Mais un Indien à cheval, orné de ses peintures de guerre, venait de paraître tout à coup.

C'était la Nuée-Blanche.

« Que mon père me pardonne de contredire ses paroles, dit le jeune chef à Washington; mais cet homme m'appartient, car cet homme a tué mon père.

— C'est vrai, dit alors M. de Lancieux; Natah-Dah est cet enfant qui était près de moi quand je suis tombé à la redoute Saint-Jean. Il est le fils de l'Ours-Gris, que Mornas a assassiné. »

Mornas n'avait plus figure humaine. A son front perlait une sueur d'agonie.

« Soit, dit enfin Washington, je te le donne. »

D'un bond de fauve et avec un cri de joie Natah-Dah se jeta sur Mornas, qui ne fit aucune résistance ; il le lia, le jeta sur son cheval et sauta en selle.

Puis, tandis qu'il rassemblait ses rênes :

« Merci, chef, dit-il à Washington, tu as bien jugé ! »

Et, piquant des deux, il s'élança en poussant son cri de guerre et en répétant :

« Eha ! Ce soir les os de mon père seront rouges ! »

Quelques minutes après il avait disparu dans la prairie.

Nous ne raconterons pas la fin de cette brillante campagne de 1781, qui, par la capitulation de lord Cornwallis à York-Town, assura enfin à l'Amérique du Nord son indépendance. On n'a qu'à lire l'histoire et les mémoires du temps, et l'on y retrouvera presque à chaque page le nom des deux Lancieux, qui furent partout où il y avait du danger et partout où il y avait de la gloire.

Quand tout fut terminé et qu'on s'embarqua pour la France, Trémor ne voulut pas d'autre bâtiment que son vaillant brick.

Le 3 novembre 1781, l'*Épervier,* toutes voiles dehors, sortait de Newport. Bientôt la terre n'apparut plus que comme une longue bande grisâtre.

Sur la dunette, M. de Lancieux et Louis-René, ainsi que M. de Keranigou et Alain Trévelec, regardaient, profondément émus, la côte d'Amérique qui s'enfonçait dans l'horizon. C'était là qu'ils avaient souffert, c'était là qu'ils avaient été heureux.

« Il me semble que nous laissons là-bas un peu de notre cœur, dit Louis-René.

— Ne regardons pas derrière nous, mon enfant, dit M. de Lancieux avec gravité, regardons en face. En face de nous, vois-tu, c'est pour moi la France, ma chère France, où je vais pouvoir rentrer le front haut, et c'est pour toi l'avenir.

— Vous avez raison, mon père, dit Louis-René en se jetant dans les bras du comte, je suis un ingrat envers le ciel, je ne veux plus penser qu'à notre bonheur présent.

— Oui, oui, nous sommes heureux, bien heureux, répétait M. de Keranigou, qui fondait en larmes.

— Vous pleurez? demanda affectueusement M. de Lancieux.

— C'est la joie, mon ami, c'est la joie, » dit le digne homme en se mouchant bruyamment.

Alain seul ne disait rien. Il priait.

« Notre vieil ami nous donne une leçon, dit M. de Lancieux. A genoux, Louis-René, à genoux, chevalier, et remercions le Seigneur. »

Les trois hommes s'agenouillèrent pieusement, et tandis que leurs actions de grâces montaient vers le ciel, les blanches voiles au-dessus d'eux palpitaient comme des ailes d'ange.

Dieu réservait pourtant encore à ces braves cœurs de rudes épreuves.

FIN

# TABLE





25435. — Tours, impr. Mame.